公主傳奇

超時空天使 修訂版

16

馬翠蘿 著

新雅文化事業有限公司
www.sunya.com.hk

人物簡介

周曉星

周曉晴的弟弟，一個風趣幽默的淘氣精，不時有天馬行空的奇怪想法。

馬小嵐

來自香港的烏莎努爾公主，聰明美麗、正直善良。敢於向困難挑戰，最喜歡說的話是「天下事難不倒馬小嵐」。

萬卡

烏莎努爾公國第十九代國王，風度翩翩、英勇果敢。是國民眼中的好君王，小嵐和曉晴曉星心目中的暖心大哥哥。

周曉晴

馬小嵐的好朋友，漂亮活潑，喜歡打扮，最常做的事是和弟弟鬥氣。

目錄

第一章　消失的三十萬生命　　　6

第二章　好心的帥哥哥　　　19

第三章　受氣包羅斯丁　　　34

第四章　地動儀能預測地震嗎？　　　47

第五章　會叫的水井　　　54

第六章　美麗背後的災難　　　63

第七章　大老虎很煩　　　72

第八章　市長親臨　　　83

第九章　她將在地震中死去　　　90

第十章　愛心番薯　　　97

第十一章　出了問題，我負責！　103

第十二章　發出地震預警　114

第十三章　誤報地震　120

第十四章　冒火的市長們　129

第十五章　我是田五六　135

第十六章　好奇寶寶　148

第十七章　烏市長有請　157

第十八章　美人痣阿姨的男朋友　165

第十九章　驚天大地震　172

第二十章　歷史因你們改變　183

第一章
消失的三十萬生命

　　大清早，馬小嵐和曉晴曉星姊弟走在海亞加市的大街上，三個人正穿過一個街心公園，向繁華的商業大街走去。

　　海亞加市並不是他們這次旅遊的目的地，只是要在這裏轉機，但因為這一帶早兩天天氣惡劣，飛機無法起飛，許多乘客滯留機場，要慢慢疏導。因此，小嵐轉乘的航班也要押後到明天才能起飛。

　　昨晚晚機到，小嵐躺到酒店牀上時已是半夜，但早上六點不到，就被曉星的敲門聲吵醒了。此時，小嵐心裏仍恨得牙癢癢的，直想朝曉星屁股踢上一腳才解恨。

　　偏偏那小子還振振有詞：「小嵐姐姐，別生氣啦！人家也是好心，想讓你吃上那著名的海亞加市美食——紅豆果醬烙餅嘛！是酒店大堂的經理姐姐告訴我的，這裏的紅豆果醬烙餅遠近馳名，而市中心那家『好味』烙

餅店的紅豆果醬烙餅是全城最好的，聽說上午九點就停止供應了，所以一大早門口就排了長龍，去晚了一定吃不上呢！」

「真是個吃貨，就知道吃！」曉晴也睡眼惺忪的，心裏火氣比小嵐還大。要知道睡眠不足是美女的大忌呀，皮膚哪怕差了一丁點，對愛美的曉晴來說也是一件痛不欲生的大事。

聽到曉星那小子在嘮嘮叨叨的好像滿有道理，曉晴一氣之下，把小嵐想做但來不及做的事做了，她伸出長腿，朝曉星屁股上就是一下。

「哎喲！」曉星誇張地叫了起來，「你這臭姊姊，壞姊姊，看我報這一腳之仇。」

他正要伸腳回敬曉晴，但見到曉晴已嚴陣以待，擺起了李小龍的標準動作，又有點怯意。心想自己的腿可沒有姊姊的長，到時自己不但沒能報仇，還會再吃曉晴一腳，於是說：「哼，我大人有大量，不跟你計較。」

他蹬蹬蹬走到小嵐身邊，說：「小嵐姊姊，我帶你去吃紅豆果醬烙餅，不帶曉晴姊姊去。」

「你以為我很稀罕什麼『好味』紅豆果醬烙餅。睏

死了，我在這裏補個覺！」曉晴一屁股坐在一張石椅子上，用外套捂住腦袋。

「小嵐姐姐，我們走！過對面馬路就是『好味』烙餅店。」曉星心想不去就不去，我還有小嵐姐姐陪。

沒想到⋯⋯

「我也很睏。曉星，你去排隊買烙餅吧，我和曉晴在這等着。」小嵐說完，一屁股坐在曉晴身邊。

「啊？」曉星委屈地撅起嘴。

「哈哈哈哈⋯⋯」外套底下傳出曉晴得意洋洋的笑聲。

曉星嘟着嘴，無可奈何地走了。

身邊傳來輕輕的鼾聲，曉晴竟然這麼快就進入了夢鄉。小嵐可沒這能耐，雖然很睏但卻睡不着。她抬頭望向天空，天氣不怎麼樣，天空灰蒙蒙的，太陽都躲到雲層後面了，給人一種壓抑的感覺。

小嵐又觀察了一下周圍環境，發現街心公園外面那條小路上行人絡繹不斷，有單獨一人的，也有三三兩兩的，還有老老少少十幾人的。令她有點訝異的是，那些人有同一個特點——手裏都捧着一束白色或黃色的花，

看來是去祭祀先人。

「小嵐姐姐！」這時曉星跑回來，「小嵐姐姐，很多人排隊呢！我們不去吃紅豆果醬烙餅了，去吃漢堡包好不好？」

小嵐沒管他說什麼，只是指指那些拿花的人們：「曉星，你看！」

「咦？」曉星一看，也露出了驚訝的神情，「他們是去掃墓嗎？今天是幾號？噢，七月十七日，清明節早過了，今天不是掃墓的日子呀？」

曉星把眼睛投向更遠一點，他突然眼睛發直了，人也愣在當場。小嵐順着他的目光一看，不禁也瞠目結舌──這、這場面也太震撼了！

只見一隊由遠而近的輪椅隊伍，看樣子足有一百多人，正跟隨着持花的人流，緩緩地朝前駛去。坐在輪椅上的人，有男有女，有老有少，全是下肢殘障者，而他們的手上，也都拿着一束或黃或白的花……

小嵐心裏的疑問更深更重，這麼多人同往一個地方去祭祀先人，而且還有這麼龐大的下肢殘障者隊伍……

「跟着他們，看看怎麼回事！」小嵐見曉晴睡得

香，也沒叫她，便拉拉曉星，兩個人走過去，跟在那些手捧鮮花的人們後面。

走了不多遠，眼前豁然開朗，出現了一片足有幾個球場那麼大的草坪，看來這就是人們的目的地了。

小嵐和曉星馬上感覺到，一種無比沉重的壓抑、一片濃得化不開的哀傷撲面而來。

「小嵐姐姐，你看，那是什麼？」曉星指着草坪上豎立的一幅約兩米高十米闊的巨大黑色大理石牆，臉上一片駭然。

「過去看看！」小嵐拉着曉星走近大理石牆。只見牆上密密麻麻刻滿了白色的人名，而左邊最邊上有一行豎寫的大字──讓我們沉痛哀悼以下三十多萬同胞，他們的寶貴生命，消失於一九九五年七月十七日上午十一時零九分⋯⋯

「啊！三十多萬？消失？」曉星嘴巴張成了「O」形。

小嵐驚駭得睜大眼睛，心裏撲通撲通亂跳，天哪，三十多萬條生命，消失於同一天同一瞬間？！是什麼樣的原因，是什麼樣的災難，釀成這樣的慘劇？！

小嵐看着黑色牆上一個又一個白色的名字：宗本一、金敏兒、烏靶靶、閔大偉⋯⋯

突然，一隻乾瘦的手伸過來，一把抓住了小嵐的胳膊，把她嚇了一跳。一看，原來是一個大約四十多歲的嬸嬸，她正用有點呆滯的眼睛，緊緊地盯着小嵐。

「熙熙，是你嗎？你上哪了？媽媽找了你很久很久。媽媽給你把蝴蝶結帶來了。」嬸嬸一把扯下頭上一隻蝴蝶結頭飾，遞到小嵐面前，蝴蝶結是紅色的，上面有着白色的小圓點。顯然已經年深日久，色彩已經黯淡。

小嵐留意到，這樣的蝴蝶結，嬸嬸頭上戴了十多隻。她腦海裏頓時冒出一個詞——精神病患者！

一個五十上下的叔叔跑過來，拉住嬸嬸，又對小嵐說：「對不起對不起！她有病，你別怪她。」

嬸嬸朝小嵐揚着手裏的蝴蝶結，喊着：「熙熙，熙熙，這是你最喜歡的紅色的蝴蝶結，你怎麼不戴了？來，媽媽給你戴上！⋯⋯」

看着嬸嬸快要哭出來了，小嵐於心不忍，便說：「好的，我戴，我戴！」

嬤嬤眼裏綻出光芒，整個人都有了精神，她手抖着，弄了很久，才把蝴蝶結戴到小嵐頭上。

「嘻嘻，熙熙又戴上蝴蝶結了，熙熙戴上蝴蝶結真好看！」她緊緊抓住小嵐的胳膊，説，「嘻嘻，熙熙回來了。熙熙又把蝴蝶結戴上了……」

小嵐見到嬤嬤身子有點發軟，便伸手扶着，對叔叔説：「嬤嬤好像有點不舒服，扶她去那邊椅子上休息一會吧！」

叔叔點點頭，説：「好的，謝謝你。」

嬤嬤坐在椅子上，她好像累了，腦袋耷拉着，打起呼嚕來。

叔叔小心地讓嬤嬤靠在自己身上，讓她睡得舒服些，又對小嵐表示感謝。小嵐把頭上的蝴蝶拿下來，交回叔叔。

「叔叔，您貴姓？」小嵐問。

「我姓莊，莊稼的莊。」叔叔滿臉滄桑，臉上還有兩條深深的苦紋，看上去就知道他生活得不如意。

曉星跟了過來，問道：「叔叔，那幅悼念牆是怎麼回事？二十年前，這裏發生了什麼事，竟然導致三十多

萬人失去生命？」

叔叔嘴唇顫抖了幾下，那張哀傷的臉霎時變得蒼白。

「莊叔叔，對不起，我們讓您難過了。」小嵐知道一定是觸動了叔叔的傷心事，不禁很內疚。但她心裏也跟曉星一樣，很想知道二十年前這裏發生了什麼事。

叔叔長長地舒了一口氣，説：「不要緊，反正我們每年來祭祀時，都要面對一次。叔叔可以告訴你們。」

小嵐和曉星沒有想到，他們即將聽到的，是一段這樣悲慘的歷史。

那是一場令人們猝不及防的災難。一九九五年七月十七日上午十一時零九分，海亞加市發生七點九級地震，大多數人來不及走避，被埋在瓦礫之下，全城六十多萬人口死了半數，還有十六萬人傷殘。城裏所有的建築物蕩然無存，無數家園盡毀、家庭破碎……

隨着叔叔的回憶，小嵐和曉星的心在顫抖着，彷彿看到了當年地震發生時的情景，那有如人間地獄的一幕幕。

「地震中，我和太太唯一的女兒，才三歲多的熙熙

不幸遇難。多可愛的孩子啊，説沒就沒了。那天，本來是她的生日，我太太買了蛋糕，買了女兒最喜歡的蝴蝶結，但是……」叔叔哽咽着，艱難地繼續説着，「我太太失去女兒，打擊太大，所以她瘋了，見人就叫女兒的名字……」

叔叔説不下去了，他用雙手捂着臉，淚水從他的指縫間流出來，滴滴嗒嗒地打在衣襟上。

小嵐和曉星從沒見過一個男子漢哭成這樣，也不知怎麼勸他才好，只能默默陪着他流淚。

叔叔和嬸嬸離開後，小嵐和曉星心情沉重地望向悼念牆，只見陸續有人來到，有的小聲哭泣，有的低頭默哀，有的用布輕輕擦着牆上親人的名字……

一位四十來歲坐在輪椅上的阿姨，彎下腰，把手裏一束小黃花輕輕放在牆根下，又對着悼念牆喃喃自語，好像在跟誰説話。之後彎身從那束小黃花裏摘了一朵，戴在衣襟上，然後默默地坐着輪椅離開了。輪椅走了十幾米，像是碰到了什麼障礙物，怎麼也動不了，小嵐和曉星見了，急忙上前幫忙推輪椅。

輪椅動了，阿姨臉上露出一絲微笑：「謝謝你們，

真是好孩子！」

　　雖然人到中年，但阿姨還是保持着漂亮容顏：瓜子臉，丹鳳眼，最惹眼的是她前額正中處一顆紅色的美人痣。可惜灰暗的臉色、哀愁的臉容，破壞了她的美麗。

　　小嵐鼓起勇氣，問美人痣阿姨：「阿姨，您的家人地震時安好嗎？」

　　美人痣阿姨說：「我的家不在海亞加市，我只是大學畢業後一個人在這裏工作，所以，七一七大地震時我家人沒事。」

　　小嵐看着美人痣阿姨衣襟上的那朵小黃花：「那你來拜祭的是……」

　　美人痣阿姨從衣上拿下小黃花，用手指輕輕撫摸着：「讀大學的時候，我認識了同校一個讀地理的學長，他人很好，無微不至地關心着我，我們相愛了。一九九五年，是我們走向社會的第三年。七月十六日那天晚上，我們在寧靜的林蔭道上依依不捨地分手了，我們相約，在第二天，七月十七日下午兩點，在婚姻註冊處門口那棵白樺樹下見面，一起去登記結婚。」

　　小嵐心裏砰砰亂跳，七月十七日，不就是地震的那

一天嗎?她不禁緊緊地抓住美人痣阿姨的手。

「沒有想到,第二天上午十一點多,地震發生了。當時我正在上班,辦公室在一幢三層小樓的底層。房子塌下時,我的雙腿被壓在一塊巨大的水泥板下,五小時後我被救了出來送到醫院,性命保住了,但雙腿卻因為壞死要進行截肢。當我手術醒來時,發瘋似的要求送我去婚姻註冊處門口等我的男朋友,我想知道他好不好,我想知道他有沒有受傷?醫生沒辦法只好替我注射針藥讓我安睡。當我清醒後勉強能動時,已是地震第六天的上午,我不顧一切地要護士把我推到婚姻註冊處門口。婚姻註冊處那幢五層的綠色小樓已經成了一片殘垣敗瓦,只有門口那棵白樺樹還在。我死也不肯離開,坐在白樺樹下等啊等啊,我相信,只要他沒事,就一定會來這裏找我的。可是,等了一天又一天,一夜又一夜,他始終沒有出現。直到一個月後,一個認識的人告訴我,他已經永遠離開了這個世界。」

講述當時的慘狀時,美人痣阿姨身體一直在微微發抖,這時,她深呼吸幾下,又說:「在七一七大地震中,像我這樣遭遇的人何止千萬,幾乎每個家庭,都要

承受失去親人的痛苦，每個海亞加市人，心裏都有一道無法癒合的傷痕。唉，為什麼科學上無法預告地震呢？三十多萬生命哪，三十多萬生命哪……」

美人痣阿姨悲歎着，説了一會兒當年的情景後，慢慢離去。

看着阿姨的背影，小嵐陷入了沉思。

曉星拉了拉小嵐的手，説：「小嵐姐姐，我們可以做點什麼？」

小嵐轉頭看着曉星，眼睛骨碌碌轉了一圈，説道：「穿越時空，救人去！」

第二章

好心的帥哥哥

「砰砰！！」只聽得幾下物體觸碰聲，兩女一男共三個孩子，掉到了停在車站待開的一列火車車頂上。

他們正是剛從二十年後穿越回來的小嵐和曉晴曉星。

幾分鐘前，他們還站在海亞加市的街心公園，小嵐把睡得正香的曉晴扯起來，曉星就負責調校時空器，啟動穿越程序。

在時空隧道被折騰了好一陣子，三個人終於到了目的地——二十年前的海亞加市。

曉晴仍然迷迷糊糊的，不知發生了什麼事：「曉星，餡餅買回來了？」她還不知道已經去了另一個時空呢！

小嵐和曉星也顧不上管她，得先瞧瞧到了什麼地方，結果發現他們掉到一列火車車頂上，都嚇了一跳。

啊，幸好火車是停着的，要是行駛着，那就麻煩大了。

忽然見到一隊年青的列車員朝列車走來。小嵐馬上拉着曉晴曉星趴下，免得被發現。

這時聽到車站的廣播：「準備乘坐由楓城開往海亞加市的二二九次列車的乘客注意了，請各位手持車票，到三號閘口排隊，等候進站……」

小嵐一聽心裏大喜，哈，他們還是掉對了地方，看來他們身下這列火車，就是準備前往海亞加市的。

小嵐拉拉曉星：「快，快從後面跳下路軌，免得被人發現不知怎麼解釋。」

曉星從車頂往下一看，伸了伸舌頭說：「小嵐姐姐，好高啊，不能跳！」

小嵐一看，果然，車頂離路軌有差不多三米高，跳下去確實有危險。但這一看又讓她無意中發現列車的車窗是敞開的，也許是趁乘客沒上車前打開讓車廂透透氣。她當機立斷，對曉星說：「我們爬進車廂！」

曉星像隻小猴子一樣靈活，幾下就爬進車廂了。曉晴仍然在迷糊中，小嵐費了好大勁才把她從窗口塞進車裏，她自己也利索地爬了進去。

這時，那隊列車員已經走近列車，準備上車作上客前的準備工作。小嵐趕緊拉着曉晴曉星躲進了洗手間，又把門關上。

聽到外面的聲音，像是有人在拉下窗子的玻璃擋板，又過了一陣，聽到有人喊：「大家快到各車廂門口，做好檢票準備。」

又聽到腳步聲遠去，小嵐鬆了口氣，打開洗手間門走了出去。這時，他們才發現進的是一個軟座車廂。

軟座車廂比普通車廂寬敞許多，兩邊靠窗處放有能坐兩人的沙發，每兩張沙發面對面，中間放着一張能收放的茶几。

曉星是沙發控，一見便一屁股坐到其中一張沙發上，又嚷嚷着叫小嵐和曉晴坐到他對面。曉晴這時才徹底清醒過來，她奇怪地問：「這是什麼地方？我們怎麼跑這來了？」

小嵐簡單講了發現大地震悼念牆，以及一九九五年那場大地震奪去三十多萬生命的事。

「啊，我們是來這裏救人的？！」曉晴矇矓的眼睛一亮，興奮地問。

小嵐點點頭：「是的。」

「三十多萬人命，將由我們救出，啊，我們好偉大哦！」曉晴眼睛閃閃發光。

小嵐說：「先別顧着自戀，快拿錢來，我現在馬上去『自首』，補票。」

他們這次出來旅行是由曉晴管錢。曉晴聽到小嵐的話，馬上往褲袋裏掏錢包。她突然噢了一聲：「錢包呢？」

她站起來，又把上上下下的口袋摸了一遍，一臉吃驚地對小嵐說：「錢包沒了。可能是穿越時空過程中，不知掉到哪一年去了。」

糟了！小嵐摸摸身上，口袋裏連一塊錢也沒有。她趕緊問曉星：「曉星，看看你身上有多少錢。」

幸虧曉星早上要去買早餐時，曉晴給了他一些錢。他掏呀掏的，掏出來交給曉晴：「八十塊。」

三個人苦着臉互相看了看，他們心裏都明白，這點錢大概連一張票都買不到呢！小嵐身上倒是有幾張信用卡，不過，在一九九五年，這幾張卡都還沒有「出世」呢，要是去銀行拿錢，一定會被當作騙子抓起來。

三個人大眼瞪小眼，不約而同地說：「坐霸王車吧！」

　　曉星又補充說：「我們是來救人的，坐霸王車不算霸王。」

　　曉晴又說：「軟臥一般都坐不滿，我們不坐也是浪費了。」

　　「嗯！」小嵐點點頭，「說得好，說得妙，讓我們就為救人坐一回霸王車吧！」

　　三個人少有的意見一致，都心安理得地坐了下來。

　　這時有乘客上車了。只見先上來一對老夫婦，兩人就坐在離洗手間最近的座位。接着又上來一男二女三個年輕人，嘻嘻哈哈地說笑着，坐到了老夫婦的斜對面。然後又上來老老少少七八個人，互相叫爺爺喊姑姑的，看來是一大家子。又過了幾分鐘，上來一個拉着旅行箱的中年男子，這人長得有點胖，頭頂全禿了，光光的像個電燈泡，面相挺威嚴，看上去像個當官的。他目不斜視地走到小嵐他們斜對面，一屁股坐下，又從旅行箱裏拿出一瓶飲品，咕咕咕喝了起來。

　　小嵐看了看車廂門上方的液晶顯示牌，見到離開車

時間只有一分鐘了，整個車廂仍有七八個位子沒人坐，心裏暗暗放下了心。因為被人從座位上叫起來，也挺尷尬的。

這時，曉晴捅了捅她，説：「又有人上車了，是個大帥哥。」

小嵐一看，是個身材高大、樣子帥帥的年輕人，那人背着個大背囊，在他們這列車廂最末一行坐了下來。

這時候，隨着一聲鈴響，車門關上了，列車徐徐開動，越來越快，越來越快……

小嵐往後一仰，好了，不用擔心被人趕了。她閉上眼睛想，等會兒去到海亞加市，怎樣開展拯救行動，讓那裏的人躲過那場大地震呢？

她讓曉星把穿越時間調校到一九九五年七月七日，七月七日到七月十七日，有十一天時間，應該來得及做事了吧？

她的眼睛無意中看到車廂裏掛着的日曆，心裏馬上「咯」跳了一下。咦？怎麼上面寫着一九九五年七月十三日？她馬上挺直身子，瞪着曉星：「怎麼搞的？我不是說要回到一九九五年七月七日的嗎？」

曉星一看日曆上的日期也傻了，啊，原來自己在時空器裏設定時間時，忙中出錯了。

　　「周、曉、星！」小嵐很生氣，伸手就要給曉星一個糖炒栗子，嚇得曉星趕緊拿了本雜誌蓋在頭頂。

　　「天下事難不倒小嵐姐姐！無論是十一天還是五天，你都一定能搞定的！」曉星很狗腿地討好小嵐。

　　「哼！少拍馬屁。要是因為時間不夠沒能完成任務，再修理你！」

　　「是，MADAM！」曉星騰地站起來，立正敬禮。

　　曉星又說：「小嵐姐姐，我們現在只有八十塊錢。但要在海亞加市呆起碼五天，哪夠用啊！」

　　小嵐說：「車到山前必有路，見一步走一步吧！」

　　曉星一想，對啊，自己身邊有一個「天下事難不倒」的小嵐姐姐，擔心什麼？！

　　曉晴早就這樣想了，她一點都不擔心，打了個呵欠，閉上眼睛睡覺去。

　　曉星閉上眼睛裝睡，一會兒又忍不住坐了起來，伸長脖子湊到小嵐面前問：「小嵐姐姐，你想好沒有，我們到了海亞加市，要怎樣做？」

小嵐說：「想辦法給那裏的人作出地震警示……」

曉星一拍大腿：「對，就告訴他們，七月十七日上午十一點零九分，你們這個城市將會發生七級以上地震……」

「笨！」小嵐伸手敲了他腦瓜一下，「人家問你怎麼知道的，你怎麼辦？」

曉星脖子一縮，說：「直說唄！我們是從二十一世紀來的。」

「蠢！」小嵐又伸手敲了他一下，「你這樣說，一定被人當瘋子抓進精神病院。」

「小嵐姐姐，你又欺負我了！」曉星嘟着嘴，雙手抱着腦袋，警惕地瞅着小嵐，提防她再伸手過來，「那怎麼辦才好？」

小嵐說：「打入地震局內部，將他們的視線引向地震先兆，讓他們知道即將發生地震，並向市民發出地震預警。」

曉星高興地舞着雙手：「哈哈，好刺激啊！打入地震局內部，那是不是跟做卧底一樣？」

「卧你個頭！」小嵐趁他不注意，又伸手敲了他一

下，「卧底是打進去探聽消息，我們打進去是提供消息，根本不一樣！」

「姐姐又欺負人……」曉星趕緊又抱住頭，不滿地嚷嚷着，但又忍不住拍拍小馬屁，「小嵐姐姐，你好聰明哦！好，我們一到海亞加市，就馬上去地震局，想辦法打進內部。」

他想了想，又說：「哎，小嵐姐姐，我們怎樣打進地震局內部？」

小嵐伸了個懶腰，打了個呵欠：「呵，好睏啊！睡一覺再想。」

說完閉上眼睛，往後一靠。

曉星也學着小嵐那樣，往後一仰，閉起眼睛睡覺。三個人正睡得迷迷糊糊的，突然被人拍醒了。睜眼一看，糟糕，列車員查票。

只見那年約二十來歲的女列車員，正笑瞇瞇地看着他們：「小姐，先生，請拿出你們的票。」

「我……我們……」曉星撓撓頭，不知說什麼好。

曉晴嚇得躲到小嵐背後。

小嵐坦誠相告：「姐姐，對不起，我們沒票。」

「沒票？」列車員看了看他們，「那，補票吧！一張三十四塊。三張共一百零二塊。」

一百零二塊錢？！他們全部財產只有八十塊呢！

小嵐說：「對不起，我們的錢包丟了，身上只有八十塊錢。」

列車員說：「那……我只能在下一站讓你們其中一個人下車，交給鐵路警察處理了。」

小嵐一聽頭都大了，交給警察她不怕，就怕不讓他們繼續坐車到海亞加市，去不了海亞加市，那就什麼事都做不成了。

曉星露出一副殺死人的萌樣，對列車員說：「好心姐姐，漂亮姐姐，你幫幫我們好嗎？我們真的要去海亞加市有急事，你就讓我們三個人買兩張票好不好？反正這些位子也是空着。」

正在這時，坐斜對面的那個中年人插了一句：「哼，坐霸王車還那麼多理由！」

曉星急了：「什麼呀！我們真是有急事嘛！」

中年人斜了曉星一眼：「什麼事那麼了不起？」

曉星理直氣壯地說：「救人，救很多很多人！」

「哈哈哈，笑死人囉！也不知道是什麼樣的爹媽教出來的，說謊一點不害臊！」

　　「電燈泡！不許你污蔑我爸媽！」曉星急了，不好聽的話衝口而出。

　　「臭小子，你……」「電燈泡」揚起手就要打曉星。

　　「先生，別這樣！」一隻有力的手，把「電燈泡」的手握住了。

「電燈泡」掙扎了一下，卻毫無作用，抬頭見是個身材高大的年輕人，只好罵罵咧咧地收了手。

　　「呸！」曉星朝他扮了個鬼臉，氣得「電燈泡」又想舉手。但看了年輕人一眼，又忍住了，氣哼哼地回了自己座位。

　　那年輕人正是剛才背着背囊上車的帥哥，他和藹地看着三孩子，問道：「發生什麼事？需要我幫忙嗎？」

　　曉星說：「謝謝帥哥哥！是這樣的，我們有事去海亞加市，沒想到錢包丟了，沒辦法，只好偷偷上了車。列車員姐姐讓我們補票，我們錢不夠，差了二十二塊。」

　　「哦，是這樣！我替你們補上好了。」年輕人從口袋拿出錢包，拿了二十二塊錢交給列車員。

　　「謝謝！」列車員撕了三張票給小嵐，然後繼續查票去了。

　　小嵐朝年輕人伸出手，說：「謝謝哥哥出手相助。我叫馬小嵐，先生貴姓？」

　　年輕人握着小嵐的手，說：「小嵐你好，我叫羅斯丁。」

小嵐說：「請你留下聯絡方法，我們一有錢就馬上還給你。」

羅斯丁搖頭說：「不用不用。」

小嵐還是堅持要了羅斯丁的電話，準備等有了錢，就聯絡他把錢還上。

曉晴見到羅斯丁人長得帥，又樂於助人，眼裏不禁飛出幾個小紅心，她主動伸出手：「斯丁哥哥，我是曉晴。」

見到曉晴自我介紹，曉星在旁邊也說：「斯丁哥哥，我是曉星。」

羅斯丁跟曉晴握握手，說：「曉晴，你好！」

又跟曉星握握手，說：「曉星，你好！」

小嵐說：「斯丁哥哥，你去海亞加市旅行嗎？」

羅斯丁說：「不是。我就在海亞加市工作，出差剛回來。你們呢，你們從哪裏來的？」

曉晴搶着說：「我們是烏莎努爾宇宙菁英學校的學生，趁着暑假來這裏旅行。」

「宇宙菁英，哦，名校啊！」羅斯丁笑容很璀爛。

宇宙菁英學校創校近一百年，在羅斯丁他們這年代

早已經存在，而且已進入國際名校之列，名聲在外。

曉星說：「斯丁哥哥，你以後有機會，到烏莎努爾找我們，我們帶你去玩。」

曉星說完就知道自己說錯話，馬上吐了吐舌頭。

在這個年代，他們三個人都還沒出生呢，叫羅斯丁上哪去尋他們。

只是羅斯丁哪知這些，笑着點頭說：「一定去，一定去。」

羅斯丁想想又問：「你們在海亞加市有親友嗎？準備住哪裏？」

曉星一聽便嘟着嘴說：「我們在海亞加市並沒有親友，身上又沒錢，真不知怎麼辦呢！」

羅斯丁聽了，忙說：「別擔心，我給你們找地方住。」

三個孩子都喜出望外，曉星拍手說：「噢，我們不用擔心睡馬路邊囉！」

「謝謝你，斯丁哥哥。」小嵐心想還真是幸運啊，本來在這個時空這個地方誰也不認識，沒想到會碰上羅斯丁這樣的熱心人。

「我有些事要做，我回座位去了。下車時我來找你們。」羅斯丁說完回了座位。

第三章
受氣包羅斯丁

　　三個孩子跟着羅斯丁出了海亞加市火車站，只見外面人山人海的，巴士站和出租車站都排了長龍。羅斯丁把孩子們帶到一塊奶粉廣告牌下面，説：「你們在這等我，我去停車場把寄存的車子開來。等會我還要接局裏一位新來的領導。」

　　小嵐三個人乖乖地等着，忽然見到「電燈泡」東張西望地走來，見到奶粉廣告牌，揚了揚眉毛，停了下來。

　　小嵐三人一見，便拿眼睛瞪他。電燈泡顯然感覺到了他們敵視的眼神，扭頭一看，嚇了一跳。

　　「你……你們想幹什麼？」他結結巴巴的，一臉警惕。

　　曉晴「嘿」了一聲，舞手弄腳之後擺了個「甫士」，説：「想送你一個五爪金龍！」

「啊！」電燈泡急忙用旅行袋掩住臉。

沒想到曉晴的花拳腿也可以嚇到人，幾個孩子忍不住哈哈大笑起來。

正在這時，一輛黑色的小轎車駛來，剛停定，羅斯丁就走下車，舉起手中寫着人名的牌子，上面寫着「任仁宰副局長」。

這就是要接的那個領導的名字吧！

「電燈泡」一見那牌子就急急忙忙地跑過去，邊跑邊埋怨道：「怎麼來得這麼遲！」

世界上真有那麼巧的事，原來這「電燈泡」就是羅斯丁要接的人！

羅斯丁解釋說：「對不起，車場車子太多，一時出不來。」

任仁宰這時發現羅斯丁就是在火車上抓他手的人，更生氣了：「明知車子多，早點去拿車嘛！你就這樣對待工作的嗎？！你叫什麼名字？我很不喜歡你的工作態度。」

羅斯丁不慍不怒，平靜地說：「我叫羅斯丁。如果你覺得我態度不好，可以向局裏投訴。」

小嵐看不過眼，哼了一聲說：「也不是等了很久嘛，犯得着這樣嗎？」

站在她身後的曉晴和曉星就不斷朝任仁宰翻白眼。

任仁宰剛要發火，但想起羅斯丁那有力的大手，便作罷了，氣哼哼地坐到司機位旁邊。

羅斯丁拉開後面車門，招呼小嵐等三人坐進去。

「喂喂喂，怎麼回事？誰允許你公車私用的？！」任仁宰一見便喊起來。

羅斯丁說：「任副局長，他們幾個孩子人生地不熟，身上又沒有錢，我只是想幫幫他們。反正順路。」

任仁宰沒理由再反駁，便說：「好，我會向局裏反映你的事的。」

羅斯丁皺皺眉頭說：「隨便你！」

小嵐三人也不管任仁宰說什麼，早已坐進了車裏。曉星把手作手槍狀，在任仁宰腦後「開了幾槍」。

羅斯丁坐進司機座，關上車門，對任仁宰說：「任副局長，分配給你的宿舍還沒裝修好，這幾天你得先住局裏的招待所。我現在就送你去。」

任仁宰一聽又發火了，說：「你們怎麼辦事的？人

都來了，住處還沒安排好。真是的！」

羅斯丁也沒理他，發動了車子。

看着任仁宰又教訓羅斯丁，曉星氣得又用手「槍」在任仁宰腦後「開」了幾槍。

從火車站到目的地不遠，車子很快停在一幢大樓前面，羅斯丁說：「到招待所了。」說完下了車，又去揭開車尾廂，把任仁宰的行李拿了出來。

「啊！啊！」曉星喊着。

「啊什麼呀？嚇我一跳！」曉晴嘟囔着，沒想到，她和小嵐順着曉星的手一看，也高興得啊了一聲。

他們究竟看見了什麼？原來，招待所上面寫着幾個大字——地震局招待所。

真是得來全不費功夫！沒想到他們一來就跟地震局拉上關係了，原來羅斯丁和任仁宰都是在地震局工作的。

真是太幸運了！

見到羅斯丁驚訝看着她們幾個，曉晴忙瞪着曉星說：「你『啊』什麼，大驚小怪的。」

曉星委屈地說：「你和小嵐姐姐也有『啊』呀！」

小嵐説：「沒有，幾個『啊』都是你啊的！」

「你們欺負人！」曉星委屈地低頭點手指。

「沒關係啦，就欺負那麼一下下，又不痛的。」小嵐笑嘻嘻地拉着曉晴和曉星走進了招待所。

羅斯丁在服務台登記了兩間房，一間單人房是任仁宰的，另一間三人房是給小嵐他們的。

任仁宰一見又來事了：「羅斯丁，你又假公濟私！」

羅斯丁沒好氣地説：「任副局長，你別無事生非好不好？你去看看登記表，這間三人房是用我個人名義開的，房租月底在我薪酬裏扣除！」

「啊……」任仁宰登時尷尬起來。

曉星不忿任仁宰老是找羅斯丁岔子，在電梯裏朝任仁宰不斷扮着鬼臉，氣得任仁宰扭轉臉不看他。

羅斯丁還是很有涵養的，雖然任仁宰這樣對他，他還是很負責任地把他送到房間門口，又細心地囑咐：「任副局長，樓下有餐廳，環境和菜式算不錯，你可以在那裏吃飯。沒其他事的話，我走了。」

也許是見到羅斯丁辦事周到，任仁宰的臉色也緩和

了。他點點頭說：「好，你走吧！我之前已經跟局長説好了，先休息幾天再上班，大後天早上你來這裏接我去地震局。」

羅斯丁説：「任副局長，不好意思。今天局裏的余司機家裏有急事，我是臨時代他接你的。後天要車，你可以打這電話聯絡他。」

羅斯丁説着在拿出紙筆，寫了一個電話號碼，遞給任仁宰。

「啊，你、你不是司機？」任仁宰有點吃驚。

這時，對面電梯門一開，一個中年人匆匆忙忙朝羅斯丁走來，叫道：「羅總，真不好意思，要你幫我接人！」

「余司機，幸不辱使命，幫你把人接到了，也安排了住宿。」羅斯丁笑了笑，又對任仁宰説，「任副局長，這就是局裏的司機老余，你可以直接跟他約送你去上班的事。」

余司機對任仁宰道歉説：「任副局長，對不起！剛要去接您，家裏打電話來説父親進了醫院。我急着回去看看，就打電話請羅總工程師幫忙，幫我順便從火車站

把您接回來。我去醫院看過父親，知道問題不大，就趕緊來這裏跟您道個歉。」

沒想到羅斯丁是總工程師，還是義務幫忙接他回來的！想起自己一直把他當司機教訓，任仁宰不禁有點尷尬。他朝羅斯丁嘀咕了一句：「謝謝！」

「不用客氣。」羅斯丁朝任仁宰揮揮手，說：「任副局長好好休息，再見！」

「再見！」

小嵐心裏對羅斯丁的好感又增多了一點。這位大哥哥樂於助人，又寵辱不驚，實在難得。

羅斯丁帶着小嵐等人找到了那間三人房，也沒開門，他說：「反正你們沒有行李，先不進房間，去樓下餐廳吃飯吧，我請客！」

「謝謝哥哥！」說話的是曉星，這傢伙，一點也不會客氣。

曉星做了代言人，小嵐和曉晴便不作聲了。

招待所的餐廳並不大，裏面放着大約二十來張圓桌子，每張桌子擺着四張椅子。看來餐廳的生意不錯，入座率有八九成。

小嵐和曉晴曉星都只是要了一個較便宜實惠的常設套餐。吃飯時，曉星用筷子挾起一塊肉，説：「肉啊肉，我明天還能吃到你嗎？我實在不想再佔斯丁哥哥的便宜了。」

　　羅斯丁笑笑説：「沒關係，反正你們吃住花不了多少錢。我沒有家庭負擔，每個月薪酬足夠用，還有能力幫助你們。」

　　「謝謝斯丁哥哥，斯丁哥哥真好！」曉星眼睛笑成了一條線。

　　小嵐瞪了曉星一眼，這傢伙滿肚子鬼主意，他分明就是希望羅斯丁表這個態呢！

　　小嵐説：「斯丁哥哥，你真是個好人！不過，我們怎好意思老是麻煩你。我想打聽一下，哪裏請暑期工？」

　　羅斯丁看看小嵐，説：「你們想做暑期工？你們難得來一趟海亞加市旅遊，捨得把時間都花在工作嗎？」

　　小嵐説：「特殊情況特殊處理嘛！我們可以把這次旅行作為一次社會實踐，不更有意義嗎？」

　　曉晴和曉星點頭附和：「是呀是呀，更有意義！」

羅斯丁上露出了讚賞的笑容：「好，有志氣！說起來還真巧呢，我們研究所正要請一些大、中學生做暑期工，時間為半個月，每天去地震觀察點查看和記錄有關情況⋯⋯」

小嵐和曉晴曉星沒等羅斯丁說完，就舉手說：「請我請我請我！」

羅斯丁笑着說：「好好好，就請你們！也是你們好運氣，今天下午就要確定暑期工名單了，如果你們晚來一天，就請了別人了。工錢嘛，一天六十塊錢，工作八小時。錢每兩天給一次。」

在一九九五年的海亞加市，一頓普通的飯只是十塊錢左右，而地震局招待所只收二十塊錢一晚，六十塊一天，足夠過日子了。

「太好了！噢噢噢！」曉星一時興奮得忘乎所以。

「斯丁哥哥，謝謝你哦！」曉晴眼裏又冒紅心了。

小嵐更高興。因為這樣不但解決了他們的食宿問題，更重要的是，他們可以藉這個工作打入地震局內部，找機會向有關人等提出警告，讓他們明白面臨的危險。

小嵐問羅斯丁：「地震局請人幫助監測地震，是發現了異常情況嗎？」

　　羅斯丁點點頭，說：「是。我們擔心那是地震前兆。」

　　小嵐一聽很高興，原來海亞加市對地震已有防範意識。她馬上說：「哦，那得趕快採取措施防震啊！」

　　曉晴說：「是呀是呀，最好馬上購買大量帳篷，讓市民離開建築物，住進帳篷。」

　　曉星更加迫切：「對對對，馬上準備還來得及！讓市民在這個月十七號前全部住進去！」

　　羅斯丁驚訝地看看小嵐，又看看曉晴、看看曉星，說：「光憑已掌握的情況，只是這一帶有發生地震的可能，但是否真有地震？震源在哪裏？地震在什麼時間發生？這一切都是未知數，怎可以貿貿然作這樣的決定呢！這樣做後果會非常嚴重的呀！」

　　的確，由於地震原因的複雜性以及地震發生的突然性，還有人們所擁有的科學水準所限，地震預報是一個世界性的難題。即使是在小嵐他們生活的廿一世紀，仍沒有什麼可靠途徑和手段，能準確的預報地震，特別是

預告地震的具體時間。所以對於羅斯丁的話是可以理解的。

曉星還不死心，他看着羅斯丁，着急地説：「斯丁哥哥，你相信我吧，海亞加市真是會發生地震呢！」

「地震學是一門艱深的科學，即使是國際著名的地震專家，也不能準確的預報地震地點。」羅斯丁看着曉星，有點訝異地揚起了眉毛，「小傢伙，你為什麼這樣肯定海亞加市會發生地震呢？」

曉星有點急了，竟要説出他們是從未來穿越到這裏的秘密：「因為我們是從未⋯⋯」

「曉星，別胡説八道！」小嵐急忙打斷了他的話，「斯丁哥哥，你別管他。他平常喜歡看災難小説，所以對這類事情總是神經兮兮的，好像每天都是世界末日似的。」

「是呀是呀，他是個悲觀主義者。」曉晴也插嘴説。

曉星嘟着嘴，不説話了。

很快吃完飯，臨分手，羅斯丁又遞給小嵐兩百塊錢，説：「這錢你們先用着，等局裏給暑期工發了錢再

還我好了。」

小嵐也不跟羅斯丁客氣，說了聲「謝謝」，接過了錢。

羅斯丁說：「你們明天十點去地震局找我。地震局就在這招待所附近，走路去就行，十多分鐘就到。」

羅斯丁離開後，一直嘟着嘴的曉星，不滿地說：「你們怎麼不讓我說話呀？斯丁哥哥本身是地震局的總工程師，如果說服了他，就可以馬上進行防震準備了。多好的機會，你們偏不許我說。」

小嵐瞪了他一眼，說：「你傻呀！正因為斯丁哥哥是總工程師，他要的是嚴謹的科學態度，要的是科學根據。你有什麼科學理由說服他，讓他相信你？再說，發地震預警又不是斯丁哥哥一個人能說了算的，即使他信了我們的話，他又用什麼理由去說服其他人？」

曉星眨着眼睛，不再吭聲了。

曉晴說：「小嵐，那我們接下來怎麼做呢？」

小嵐說：「我們來自未來，知道地震發生的地點和時間，這是我們有利的地方。所以，我們可以想辦法去提醒所有人。斯丁哥哥讓我們去地震局做暑期工，這給

我們提供了很好的機會，我們可以跟地震局人員的接觸過程中，將他們引向預測地震的正確方向。」

「好，就這樣做！」曉星忘了剛才的不快，興奮地拍着手。

第四章

地動儀能預測地震嗎？

七月十四日，海亞加市大地震的倒數第四天。

小嵐三個人睡了個懶覺，起牀時已是九點多了，洗漱後匆匆吃完簡單早餐，便動身去海亞加市地震局。地震局果然離招待所很近，走路十來分鐘就到了。

海亞加市地震局是一幢六層的大樓，大樓前面的小廣場上，豎立着一座很壯觀的地動儀，比小嵐他們以前參觀博物館看過的地動儀大了好多倍。

地動儀約兩米五高，外形像一個黃澄澄的大酒桶。地動儀的外面相應地設置八個口含小鐵球的龍頭，每個龍頭下面都有一隻蟾蜍張口向上。除了材料不同，這巨型地動儀跟真正的地動儀一模一樣。據說，古時候人們就是用這儀器來探測地震，當有地震發生時，龍嘴裏的小球便會掉到下面的蟾蜍口中。

「哇，這就是地動儀嗎？地震局放在這裏預測地震

的？」曉晴嘴巴張得大大的，仰頭好奇地看着龍嘴裏的小球。

「你上課時究竟有沒有認真聽！」小嵐哭笑不得，說：「這個地動儀很明顯只是用來裝飾用。而且，地動儀是用來檢測地震，而不是預報地震。即某地發生地震，地動儀可以即時測到發生地震的方向。」

「是呀，姊姊你真笨，這麼普通的常識也不知道！」曉星向來不放過任何一個挖苦曉晴的機會，「姊姊你不是很喜歡看古裝劇的嗎？我想你只是為了看帥哥吧！其實電視劇裏就經常有這樣的情節，大臣看到地動儀龍嘴裏的小球掉下來，就慌慌張張跑去向皇帝稟報，『皇上，不好了，北方發生地震了！』」

曉晴有點惱羞成怒，作勢要使出五爪金龍招數，嚇得曉星躲到小嵐背後。

這時羅斯丁從地震局走了出來，見到他們，便笑着說：「還想去接你們呢？怕你們找不到。」

曉星朝曉晴吐了吐舌頭，便蹦蹦跳跳地朝羅斯丁跑去：「嗨，斯丁哥哥好！」

「斯丁哥哥早！」小嵐笑着說，「這裏挺好找

的。」

「斯丁哥哥早上好！」曉晴急忙收起她的五爪金龍，在帥哥面前，她向來是很淑女的哦！

羅斯丁笑吟吟地說：「走吧！等會兒我們局長會主持開一個小會，暑期工也一塊參加。主要是講講這次工作的安排，也稍為介紹一下海亞加市的情況。」

「局長？」小嵐三人頓時眼睛瞪得大大的，他們腦海裏都不約而同浮現出任仁宰那副可憎的嘴臉。

羅斯丁知道他們在想些什麼，笑着說：「是林局長，不是昨天見過的任局長。林局長是正的，任局長是副的。你們忘了，任副局長今天休息呢，後天才來局裏報到。」三雙圓眼睛馬上變成彎彎月亮。還好，這林局長不是那任局長，否則今天難有好心情。

羅斯丁帶着小嵐他們上了二樓，走進會議室。會議室裏面放了一張長方形的會議桌，周圍已坐了十幾人，其中約一半人胸前佩戴着員工證，還有另一半人是臉上帶着青澀的青少年男女，估計也是剛請的暑期工。

見到羅斯丁進來，很多人都跟他點頭打招呼：「羅總！」看來羅斯丁在這裏人緣挺好的。

小嵐他們坐下不久，門外進來一個五十上下的中年人，面目挺和善的。

　　羅斯丁小聲告訴小嵐：「這位就是林局長。」

　　林局長坐到主持位置上，環視一下會議室，又把目光落在會議室裏的小青年身上，笑瞇瞇地說：「羅總，這就是請來幫忙的暑期工嗎？」

　　羅斯丁點了點頭說：「是的，林局長。」

　　「哈哈，生力軍哦！」林局長笑容滿臉地說，「歡迎歡迎，歡迎你們加入我們的調查小組。」

　　「謝謝林局長！」一班小青年異口同聲地說。

　　林局長點點頭，打開了手裏的小本子。

　　「接到國家地震局和市政府通知，今年達里、陽山、秦城以及我們海亞加市等地，都處於地震的活躍期，今年有可能發生地震。作為地震局，我們要高度警惕，做好調查研究和監測工作。因為每個活躍期的持續時間是一至十五年，處於活躍期的時間範圍很大，所以，海亞加市是否會發生地震，會在什麼時候發生，都要勘測得很準確，否則我們就無法做好防震抗震工作。」

小嵐和曉晴曉星一邊聽林局長說話，心裏一邊在煎熬，他們明明知道震源就在海亞加市，明明知道地震就發生在七月十七日，但又不能說。真是好糾結啊！

　　曉星嘴巴好幾次張開，像是想把心裏想的喊出來。急得小嵐和曉晴直想伸手捂住他的嘴巴，幸虧曉星最後還是忍住了。

　　有誰相信有人可以從二十年後回來呀！說出來沒準被當作小騙子轟出去，到時反而被動了。

　　林局長繼續說：「有關地震監測工作，以研究所為主力負責這件事，研究所所長羅總負總責。我們一方面利用儀器監視，一方面走出去，密切留意大自然各種的變化……」

　　小嵐邊聽邊想，看來海亞加市的防震意識還是很不錯的，就不知道在另一個時空裏，為什麼沒能逃過到那場大災難。

　　林局長最後作了分工，把暑期工分成四個組，頭一天每個組都會有一名工程師帶着，先熟悉各觀察點，之後再自行工作。

　　最後，林局長特別叮囑暑期工們：「現在宣布一條

紀律，國家地震局的有關通知，以及等會到各觀察點的調查結果，都不能外傳，以免引起市民恐慌。知道沒有？」

暑期工們齊聲回答：「知道！」

小嵐和曉晴曉星為第三組，由羅斯丁帶領。

羅斯丁看看已到午飯時候，便先帶小嵐他們幾個去吃了飯，然後再出發。

「斯丁哥哥，我們準備去哪裏調查？」曉星躍躍欲試。

羅斯丁説：「我們組負責四個觀察點，今天就先去曉春山吧，那裏最遠……」

小嵐打斷他的話，説：「斯丁哥哥，我們可以先去玉帶村嗎？」

小嵐記得美人痣阿姨講過，地震前不少地方都發生過奇異現象，但人們有的沒看到，有的看到了卻未能引起重視。阿姨當時特別提到過玉帶村這個名字，説那裏曾出現地震前兆。時間不多，不能走太多冤枉路，所以小嵐一定要把羅斯丁帶到有跡可尋的地方。

曉星也記得阿姨提過玉帶村，也附和説：「對對

對，斯丁哥哥，我們先去玉帶村調查。」

羅斯丁聽了他們的話，有點奇怪：「你們怎麼知道玉帶村有觀察點？」

小嵐笑嘻嘻地說：「啊，那裏真有觀察點嗎！我只是聽朋友說，那裏風景不錯，想去那裏逛逛。」

「哈，真是鬼靈精，還想公私兼顧呢！」羅斯丁笑道，「玉帶村的確值得一看，那裏有山有水，還藏着一條古老的村落，裏面有不少有百年歷史的房子。那就去玉帶村吧，之後再去白馬湖。白馬湖風景很好，但同時也是我們特定的一個觀測點。不過我得聲明，工作為主，看風景只是順帶的。」

小嵐說：「是，羅總！」說完兩腳一併，給羅斯丁敬了個禮。

事情發展順利，小嵐心裏高興，便調皮了一把。

「哈哈哈！」羅斯丁大笑起來。

第五章

會叫的水井

羅斯丁開車，載着小嵐和曉晴曉星，朝玉帶村駛去。遠遠見到有一條村落，但這時道路開始變窄，車子再也不能向前走了。

羅斯丁把車子停在一處樹蔭下，招呼三個孩子步行進村。

走在鄉村的小路上，路兩旁長滿了野生的小草和花朵，還有巨傘一樣的大樹，微風吹來，帶來陣陣大自然特有的清香。遠處，是隱約可見的村莊，還有墨綠色的山巒。

路邊的大草坪裏，一小孩子玩得正開心。兩個較大的孩子在前面跑着——一個扯着一隻蝴蝶形狀的風箏，另一個牽着一隻蜻蜓形狀的風箏，幾個小點的孩子在後面追着、笑着。彩色風箏很快升上了天空，在藍天上飄哇飄哇，好看極了。

啊，真是一個美麗、歡樂的小村落！

　　一想到這個小村莊很快就會變成一片殘垣敗瓦，這些可愛的孩子家破人亡從此沒了歡笑，小嵐心裏就一陣陣發緊。她暗下決心，無論如何，都要讓這裏的人逃出鬼門關。

　　走了大約十多分鐘，便走進了村內，小村落的路是青磚鋪成的，很是古雅，還不時見到小橋流水，綠柳垂掛。路過的人家，有好些有着古老的雕花門窗、磚雕門頭，應就是屬於有百年歷史的老房子了。

　　一行四人慢慢地走着，看着，見到前面有一塊空地上有個圓圓的井。小嵐和羅斯丁都不約而同走了過去。小嵐是因為美人痣阿姨說過地震前玉帶村水井預警的事，而羅斯丁是因為那井就是研究所定點的觀察點。

　　羅斯丁拿出一個小瓶子，説：「等會有人來打水，就問他們要點井水，帶回去檢驗。」

　　曉晴問：「這井水跟地震有關嗎？」

　　「有。你們知道『氡』嗎？」羅斯丁問。

　　曉星搶着答：「知道！一九零零年由德國人多恩在鈾製品中發現，是一種放射性元素。」

羅斯丁點點頭，說：「氡是地殼中放射性鈾、鐳和釷的蛻變產物，因此地殼中含有放射性元素的岩石會不斷地向周圍擴散氡氣，使空氣中和地下水中多多少少含有一些氡氣。強烈地震前，地應力活動加強，氡氣含量也會發生異常變化，如果地下含水層在地應力作用下發生形變，就會加速地下水的運動，增強氡氣的擴散作用，引起氡氣含量的增加。所以，地下水中氡氣的含量增加，被視為一種地震前兆。」

曉星很是仰慕地說：「哇，斯丁哥哥，你懂得好多啊！」

「我是幹這一行的嘛，當然要懂。」羅斯丁笑着說，「其實還有很多方面可以預測地震，俄羅斯科學家經過長期觀察後發現，爬行動物就有神奇的『第三隻眼』，可以預測到地震的發生。科學家在七十年代所做的調查數字顯示，包括野生動物和家畜在內，有六十八種動物在地震前會有異常反應。比如，貓、狗、熊貓、魚、蛇、老鼠、螞蟻、蜜蜂等等。穴居動物如老鼠、蛇等，比地面上的動物感覺更靈敏。」

小嵐問：「為什麼動物可以預測地震呢？」

羅斯丁說：「科學家認為，地震前地面和氣候會產生一系列物理化學變化，這種細微變化更容易使動物的感知器官受刺激，從而使它們的行為發生異常。」

曉星說：「既然這樣，那人類就可以根據動物的表現預測地震了。」

羅斯丁說：「那也不是絕對。因為引起動物行為異常的因素有很多，例如季節變化、疾病、生活環境和條件的改變等等。要具體情況具體分析，才能更準確地預測地震的發生。」

小嵐他們邊聽邊點頭。

「有一首歌謠，講的就是震前的動物異常，我唸給你們聽。」羅斯丁流暢地唸了起來，「震前動物有前兆，發現異常要報告；牛馬騾羊不進圈，豬不吃食狗亂咬；鴨不下水岸上鬧，雞飛上樹高聲叫；冰天雪地蛇出洞，老鼠癡呆搬家逃；兔子豎耳蹦又撞，魚兒驚慌水面跳；蜜蜂羣遷鬧轟轟，鴿子驚飛不回巢。」

小嵐他們記性都好，再加上讀起來順口，所以聽了兩遍就能背了：「震前動物有前兆，發現異常要報告；牛馬騾羊不進圈，豬不吃食狗亂咬；鴨不下水岸上鬧，

雞飛上樹高聲叫；冰天雪地蛇出洞，老鼠癡呆搬家逃；兔子豎耳蹦又撞，魚兒驚慌水面跳；蜜蜂羣遷鬧轟轟，鴿子驚飛不回巢。」

羅斯丁直朝他們豎大拇指。

說話間，有個三十來歲的阿姨拿着一盆髒衣服，來到井邊洗。她把水桶扔進井裏，利索地打上來一桶水。

「斯丁哥哥，我去問阿姨拿井水。」曉星拿過羅斯丁手裏的瓶子。

「漂亮姐姐，我想要點井水，可以嗎？」

我們最會賣萌扮乖的曉星同學馬到功成，阿姨馬上笑得見牙不見眼，連說：「當然可以啦！這孩子真有禮貌！」

阿姨把小瓶子灌滿滿的，還問：「還要嗎？」

曉星說：「夠了夠了，謝謝姐姐！」

阿姨說：「不用謝不用謝！你們來這裏玩嗎？」

她看了看曉星背後的小嵐等人。

曉星說：「我們是來調查⋯⋯」

羅斯丁打斷曉星的話，說：「哦，對對對，我們是來玩的。」

有關有可能發生地震、要加緊監測的事，是不能公開的，免得引起老百姓恐慌。

阿姨說：「哦，這裏風景很好的，好多人來遊玩呢！你們玩得開心點！」

「好，謝謝！」大家都異口同聲地說。

這時，又來了兩個嬸嬸，她們都是來洗衣服的。見到那阿姨，便吱吱喳喳地聊起天來。

「斯丁哥哥，我們現在去下一個觀察點嗎？」曉星把手裏的瓶子交給羅斯丁。

羅斯丁把瓶子拿在手，感覺到瓶子裏的水有點熱，他不禁皺起了眉頭。

那幾個嬸嬸阿姨還在說話。

「小芳，你有沒有發現，這口洗衣服的水井以前冷冰冰的，這兩天不知怎麼了，變得熱呼呼的。」

「是呀是呀，我剛想說呢！這真是奇怪。」

「哎，我隔壁的三嬸還告訴了我一件怪事，她昨天來洗衣服時，聽到井裏發出咚咚的響聲……」

「是嗎？我去看看，現在還有沒有響。」最早來洗衣服的那個阿姨站起來，向井口走去。

誰也沒想到，嚇人的事情發生了！

阿姨剛靠近井口，突然聽到一聲巨響，井口噴出一股足有十多米高的水柱，水柱之後是一股白色的氣體衝出，如水蒸汽一樣……

「快趴下！」羅斯丁對那幾個嬸嬸阿姨喊了一聲，又用自己身體護住小嵐三人。

幸好氣體衝出後，水井就迅速平靜下來，好像什麼也沒發生過。

小嵐幾個人驚魂稍定，趕緊看看羅斯丁有沒有事。羅斯丁拍拍身上幾顆碎石子，說：「我沒事。」

他們又去看幾個嬸嬸阿姨。見到兩個嬸嬸正戰戰兢兢地爬起來，看上去沒受傷，而那個阿姨就被氣浪衝出幾丈遠，倒在地上。

羅斯丁趕緊跑過去，扶起阿姨，讓她坐到石凳上。小嵐替阿姨檢查了一下，幸好沒什麼大問題，只是摔倒時手肘破了皮，滲着血。

小嵐看了看阿姨的傷口，說：「阿姨，你去藥店買點消毒水消消毒，免得細菌感染發炎。」

這時候，兩個嬸嬸見阿姨沒事，才放下心。只是都

沒心緒洗衣服了，把盆子放在一邊，送阿姨回家去了。

聽到她們一邊走一邊講話：「難倒這水井是在鬧鬼！怎麼會出這樣的事？」

第六章
美麗背後的災難

看着羅斯丁一臉嚴肅，小嵐故意問：「斯丁哥哥，剛才的井噴*，還有井水變溫，都屬於地震的前兆嗎？」

羅斯丁點點頭：「是。」

曉星搖着羅斯丁的胳膊，説：「斯丁哥哥，那我們快回去發地震預警吧！」

羅斯丁搖搖頭，説：「不行。在沒掌握更多更明確的資料時，是不可以草率地發警告的。」

小嵐想，為了給羅斯丁看到更多地震前兆，讓他確定地震即將在海亞加市發生，得趕緊再跑幾個地方。她説：「斯丁哥哥，那我們別耽擱了，趕快去下一個觀察點吧！」

---

* 井噴：天然氣體突然從井口噴出的現象。

羅斯丁說：「好，就去白馬湖吧！去完白馬湖，時間就差不多了。明天我們再去其他觀測點。」

小嵐一聽馬上點頭說：「好，我們就去白馬湖！」

白馬湖，也是小嵐腦海裏一個熟悉的名字。地震悼念牆前，美人痣阿姨痛說當年時，也提過這個地方。當時地震前白馬湖也出現過地震前兆。

四個人又上了車，在路上走了大約半小時，在一個風景優美的湖邊停了下來。白馬湖到了。

周圍環境很美，綠樹環繞，空氣清新，送爽的涼風送來一陣陣孩子的歡笑聲。

一行人的腳步不禁被歡笑聲引去了。

那是一處往下斜的草地，一直延伸到湖水裏。大概七八個小孩子興高采烈的，有的拿着小水桶，有的拿着竹篩子，有的拿着塑料袋，在水裏撈着什麼。

走近一看，原來他們在撈水裏的魚！

不，確切點說，是在撈水裏的死魚。

「哇，這麼多死魚？！」曉星大叫起來。

他忍不住跑到湖邊，一伸手撈了一條半呎長的魚。不過由於魚身太滑，他一下抓不住，魚又掉到水裏去

了。他興奮地轉身朝小嵐幾個人招手：「喂，快來看，好多魚啊！」

小嵐首先想到，這事情不對勁，湖邊怎麼會有這麼多死魚？她轉頭望向羅斯丁。

羅斯丁眉頭緊皺，默默地站在水邊，看着那些在水裏一浮一沉的死魚出神。

小嵐問：「斯丁哥哥，這魚死得蹊蹺，是不是？」

「嗯。」羅斯丁點了點頭。

曉晴問：「跟地震有關？」

「是。」羅斯丁說完，表情凝重地從背囊裏拿出一個小玻璃瓶，走到水邊，裝了大半瓶湖水，又小心地放回背囊裏。

他又小心地從水裏撈起一條魚，仔細看了一會兒，說：「像是中毒死的，我想是水裏含有有毒氣體。」

小嵐看着那些撈魚撈得正高興的孩子，擔心地說：「人如果吃了這些魚，對身體有影響嗎？」

羅斯丁說：「影響肯定有，但有多大我不清楚。」

小嵐聽了，馬上對湖邊的孩子說：「小朋友，你們不要把魚帶回家吃，這魚有毒。」

那班孩子撈得正高興，聽到小嵐的話，都停下手來。一個男孩歪着頭，問小嵐：「姐姐，你是科學家嗎？你怎麼知道這魚有毒？」

「我不是科學家。」小嵐指指身旁的羅斯丁，說，「這哥哥是。這哥哥說這魚有毒。」

男孩馬上把塑料裏的魚倒回湖裏，又對其他小朋友說：「喂，你們別再抓魚了，哥哥姐姐說魚有毒。」

「知道了！」那男孩像是個孩子王，孩子們都聽話地把魚倒回湖裏。

羅斯丁說：「走，我們繞着湖邊走走。」

不知什麼時候，天已經黑下來了。

「啊，好美！」曉晴突然指着前面。

只見夜色中，飄來七彩的光芒，有的散開着，像誰在半空撒了一把彩色的小珍珠；有的聚成一團，閃閃爍爍，慢慢飄移着，像一朵五彩的雲⋯⋯

幾個孩子都十分驚喜，紛紛問道：「斯丁哥哥，這是什麼？」

「這是地下氣體冒出來後，和氧氣產生的化學反應⋯⋯」羅斯丁說。

「哇，真好看！」曉星大聲説。

小嵐看看羅斯丁凝重的臉，問道：「這不是好現象？」

「是。也許美麗背後穩藏着巨大的災難。」羅斯丁沉重地説。

「這也是地震異常現象的一種？」小嵐問。

「我擔心是。」羅斯丁説完看了看手錶，

曉星問：「斯丁哥哥，剛才我們找到了那麼多地震前兆，又是井噴，又是湖裏出現大量死魚，還有湖邊的七彩光，我想這裏肯定很快會發生地震了。趕快發地震預警吧！」

小嵐也説：「是啊，發生這麼多事情，都是和地震掛上的，不怕一萬，就怕萬一，要知道，這關係到海亞加市六十多萬人的生命安全啊！」

羅斯丁搖搖頭：「事情不是那麼簡單。單憑這些狀況，還不能肯定海亞加市會發生地震。」

曉晴説：「啊，這麼多的預兆，還不能肯定？」

「我很感謝你們對海亞加市的關心，在需要作出決定的時候，我會考慮你們的意見的。不過這事還是要有

更確實的科學依據。」羅斯丁看了看手錶，說：「時間不早了，我先帶你們去吃飯，吃完飯你們回招待所休息，我得趕緊回局裏，把其他組帶回來的資料綜合一下，還有把兩瓶水樣本交給化驗室化驗。」

小嵐說：「斯丁哥哥，我們可以跟你一塊回地震局嗎？有什麼需要的，我們可以隨時幫忙。」

曉晴和曉星在一旁不住地點頭。

羅斯丁搖搖頭，說：「不用了，那都是技術性很強的工作，你們跟我回去也幫不上忙。何況你們今天跑了大半天，都累了。吃完飯回去早點休息，明天上午八點來地震局聽候安排。」

小嵐想了想說：「斯丁哥哥說得對，那我們吃完飯就回去休息。明天早點上班，給斯丁哥哥幫忙。」

吃完簡單的晚飯，羅斯丁把小嵐三人送回招待所，然後急急地回地震局了。

「再見斯丁哥哥！」三個人站在大門口朝羅斯丁揮手，直到看不見那部黑色車子，才轉身走進招待所。

回到房間，兩個女孩靠在自己牀上看電視，曉星就坐到書桌前，拿出紙筆，說：「我要把今天見到的地震

前兆都記下來，以後說不定我能憑着這些資料，幫助作地震預報呢！」

「啊！就憑你？」兩個女孩子一臉不屑。

「別小看我，說不定我因此成了一名偉大的地震專家，還預報了多次地震，挽救了千百萬人，在歷史上永垂千古！」

「曉星，你今晚吃了很多蒜頭嗎？」

「蒜頭？沒有啊！」

「那為什麼口氣那麼大？」

「哼，你們瞧不起我！我就出息給你們看，且看明日地震界，周曉星橫空出世氣吞山河英俊瀟灑風流倜儻玉樹臨風……」

「又亂拋四字詞！」小嵐拿起枕頭，向明日的地震專家扔了過去。

曉星一閃，險險地躲過了。

他習慣「快閃」的思維又轉話題了：「姐姐們，你們說斯丁哥哥會不會同意發地震預警？」

曉晴說：「斯丁哥哥這麼聰明，他一定會知道海亞加市即將發生地震的。」

小嵐説：「我也覺得會。既然今天我們這個組發現了這麼多地震前兆，其他組也一定會發現。斯丁哥哥只要把幾個組收集的資料綜合起來，就一定有所警惕。」

曉星很興奮，説：「那就太好了，我們可以完成穿越回來的任務了。」

小嵐看了看掛在牆上的年曆：「現在是十四號晚上，離地震發生還有兩天半，如果政府儘快發出地震預警，就可以有充裕時間在地震前作好準備。」

曉星問：「是不是只要斯丁哥哥説要發地震預警，海亞加市政府就一定會聽？」

曉晴説：「林局長不是説這次地震觀察工作由斯丁哥哥負責嗎？他的話政府當然會聽了。希望斯丁哥哥發現更多地震前兆，早點決定發地震預警。」

曉晴説完，突然想到了什麼，她直瞪瞪地看着小嵐：「小嵐，我突然想到一件事情。」

小嵐見她神經兮兮的樣子，便問：「怎麼啦？」

曉晴説：「不是有蝴蝶效應的説法嗎？歷史會不會因為我們這三隻小蝴蝶的翅膀一搧，搧得走了樣，令地震的時間提早了，變成發生在今天，或者明天？」

「啊！」曉星驚叫一聲，順手拿起枕頭頂在頭上，「啊，會嗎？會嗎？」

「你少製造恐慌！」小嵐瞪了曉晴一眼，「蝴蝶效應是指一個微小的變化能影響事物的發展。但地震的原因主要是由於地下深處岩層錯動、破裂所造成，總不會我們穿越到這裏，會影響到地球內部運動吧！」

「小嵐姐姐英明！我們穿越時空來到這裏，怎麼會改變地球內部呢！」曉星鬆了一口氣，他拿下頭上枕頭，説，「曉晴姐姐，你真是危言聳聽啊！」

曉晴朝他哼了一聲：「你還有臉説別人，看你膽子小得芝麻似的。哼，你以為頂着個枕頭就不會被砸死啊！」

小嵐也説：「就是嘛！你還説要做偉大的地震專家呢，聽到地震兩個字都嚇成這樣！」

「誰説我膽子小？誰説我害怕？」曉星不服氣。

「我們説！」小嵐和曉晴異口同聲説。

「你們欺負人——」曉星聲音弱弱的，他哪裏是兩個姐姐的對手啊！

第七章

大老虎很煩

雖然昨天睡得很晚——小嵐到樓下招待所圖書館借了幾本有關地震的書，看到快一點才睡覺，但她還是七點一過就醒了。

小嵐把掛在牆上的那本厚厚的日曆撕下一頁，最新一頁上面寫着「15」兩個大大的阿拉伯字。

七月十五日了，離大地震時間又近了一些。

幸好許多地震前兆已經浮現，但願羅斯丁能早點下決心，及早發出地震警告。

還有幾天時間，人們還可以準備好各種防震抗震物資，可以有充分的時間有條不紊地組織市民疏散，避免地震時發生傷亡。

小嵐想想心裏都十分興奮。真沒想到事情發展這樣順利，穿越來到海亞加市的第三天，事情就有了這樣重大的進展。

她不禁咧開嘴笑了起來。

「小嵐姐姐，你在開心什麼？」曉星躺在牀上，睡眼惺忪地看着小嵐。

小嵐把撕下的那日曆揉作一團，扔進垃圾桶，說：「哪能不開心，我們快要圓滿完成救人任務了！」

曉星一聽雀躍地坐了起來，說：「是啊是啊，想想都開心。」

曉晴這時也醒了，她把雙手伸出被子，伸了個大懶腰，說：「有句話說，救人一命，勝造七級浮屠。我們救了三十多萬人，那就勝造……」

曉晴還在計算，就被曉星搶答了：「勝造二百一十多萬浮屠！」

「哇，我們好厲害哦！」三個人一齊誇張地喊了起來。

小嵐說：「不止三十多萬，不久前我們去唐代救了李建成李元吉家族兩千多人呢！」

曉晴和曉星又一齊說：「哇，我們真是好厲害哦！」

曉星興奮得乾脆站了起來，在牀上一跳一跳的，嘴

裏隨着跳躍的節奏「耶──耶──」喊着。

小嵐看了看錶：「好啦，快起牀吧！七點多了。」

曉晴説：「不是十點上班嗎？」

小嵐白了她一眼：「我們不能總搞特殊。昨天是斯丁哥哥見我們頭一天上班，才讓我們十點去的。地震局是八點上班，我們今天要準時到。」

曉星跳下牀，説：「小嵐姐姐説得對。我去洗臉囉！」

曉晴趕緊起牀，説：「我先去我先去！」

曉星搶先吱溜一下跑進了洗手間，「砰」一聲關上了門。

五分鐘後，曉星打開洗手間門走了出來，曉晴剛要進去，又被小嵐捷足先登了。氣得曉晴呼呼生氣。

曉星幸災樂禍地説：「這可不能怪我們呀！誰叫你每次進洗手間都折騰來折騰去，洗臉刷牙化妝耗去很多時間不算，光是照鏡子也要花十幾二十分鐘，讓我們等到花兒也謝了！」

姊弟倆你來我往鬥嘴，不經意間小嵐已漱洗完畢從洗手間出來了。小嵐説：「快去吧！先聲明一下，半小

時後你不出來，我們就先去餐廳吃早餐了！」

曉晴一聽，顧不上跟曉星的鬥嘴仍未分勝負，急急忙忙衝進了洗手間。半小時，對曉晴大小姐來說實在緊迫啊！

曉星在洗手間外面拍了無數次門，才把曉晴從裏面轟了出來，三個人急急去餐廳吃完早餐，又在七點五十八分踏進了地震局大門。他們按羅斯丁的吩咐去了昨天的那間會議室。

會議室裏已坐了很多人，看上去都有點臉熟，應是昨天開會的原班人馬。小嵐見羅斯丁旁邊有幾個空位子，便帶着曉晴曉星走過去，坐了下來。還沒來得及跟羅斯丁說幾句話，林局長就進來了。

林局長坐到主席位上，說：「聽說昨天大家出去調查有了重大發現，幾位工程師都忙到半夜三更，有關樣本也化驗出了結果，大家辛苦了！」

羅斯丁和幾名工師異口同聲地說：「不辛苦！」

林局長笑着說：「謝謝大家積極配合局裏的工作。小傢伙們工作也很認真，也值得表揚。」

林局長說着，用慈祥的眼光把暑期工們掃了一遍。

暑期工們受到表揚，一個個直起了腰，一臉驕傲。

　　林局長點點頭，說：「好，小傢伙們今天就分組去巡查餘下的觀察點，下午四點回來匯報。羅總你們幾位就留下開會，把昨天搜集到的資料匯報一下。我們需要對資料和現象做分析研究，以確定地震的可能性，以及震源和時間。在這些事情沒有搞清楚前，我們是無法作出一個明確的結論的。」

　　一陣椅子碰撞聲，暑期工們紛紛起立，招呼自己組的伙伴，準備奔赴負責的觀察點。

　　小嵐三人今天去的觀察點是動物園。羅斯丁把小嵐幾個人送到門口，說：「因為今天局裏的車子有其他要緊事派出去了，沒辦法送你們去。路上小心。」

　　小嵐從口袋裏掏出一張紙，說：「斯丁哥哥，你放心吧，你昨天給我們畫的路線圖這麼詳細，我們一定不會迷路的。」

　　羅斯丁說：「好。那你們去吧！看看動物園裏動物有沒有什麼異常表現，如實記錄下來就行了。」

　　小嵐走了幾步，又回頭問：「斯丁哥哥，你們今天會對會否地震作出定論嗎？」

時間不多了，如果今天仍不能下決心做震前準備，那就有點被動了。

羅斯丁説：「我們今天會根據已調查到的情況，進行資料整理、研究討論，看看能不能下結論。」

小嵐説：「好，我們今天會儘早完成任務，把記錄的情況交給你。」

羅斯丁笑着點點頭，又朝他們揮了揮手。

按羅斯丁畫的路線圖，小嵐三人坐巴士去到了海亞加市動物園。

因為放暑假，動物園裏遊客很多。小嵐進園時在大門口拿了一張遊客指南，琢磨了一會兒，便和曉晴曉星二人按着指示一路而去。

最先見到的是鸚鵡園，只見一個個造型美觀的鐵架子上，站着一隻隻五彩的鸚鵡，有的歪着頭看着遊客，有的用尖細的聲音不住地説話，牠們説的話，不時引起遊客哄然大笑。

「你好！你好！」

「這裏好多人啊！」

「傻瓜！傻瓜！」

曉星這個好奇寶寶最喜歡這些古靈精怪的動物，他眼睛放光芒，賴着不肯走，還吹口哨逗鸚鵡。

　　小嵐見拉他不走，便說：「好啊，你不走，我們走！」

　　「等等，就一會兒，我教牠們說句話就走。」曉星朝一隻紅尾巴的鸚鵡喊道，「曉星是個大帥哥，快說，曉星是個大帥哥！」

　　真丟人！小嵐和曉晴只好裝作不認識這個人，離他遠遠的。

　　「喂，等等我！」曉星見兩個姐姐真的走了，忙不迭跟了上去。

　　天上突然下起毛毛細雨，紛紛揚揚的，行人雖然不會變成落湯雞，但也被打濕了衣服表面。小嵐三個人都沒有帶傘，但他們也顧不上躲雨，頂着毛毛細雨繼續走着。

　　鸚鵡園之後便是蜥蜴園。蜥蜴園是露天的，雖然不大，但也設施齊全。有小山洞，有水池，有綠色草坪。

　　見到一條條小蜥蜴冒雨在地上竄來竄去，慌慌張張的樣子。這時有個飼養員從旁邊一個小房間走出來，小

嵐忙走上去請教：「叔叔，那些蜥蜴不怕雨嗎？牠們怎麼不躲進山洞避雨？」

飼養員回頭看了看那些蜥蜴，苦笑道：「我也不知道為什麼，牠們平常都不這樣的。平常在外面玩，每逢下雨牠們就會躲起來。但今天不知怎的，都跑到外面來了，還不停地跑來跑去，好像受了很大的驚嚇似的。」

小嵐若有所思，她點點頭說：「謝謝叔叔。」

叔叔離開後，小嵐對曉晴曉星說：「我昨天看了幾本有地震的書，裏面有提到，蜥蜴是最古老動物種的代表，牠們對地磁和電磁場的反應都很敏感，所以在地震前會表現異常。我想這點可以說服斯丁哥哥。」

曉星拿出紙筆，說：「好，我馬上記下來，等會兒向斯丁哥哥匯報。」

三個人繼續往前走，這時雨慢慢地停了，還露出了太陽。遠遠聽到了一陣虎嘯，曉星一聽，興奮地說：「啊，虎山到了！」

三個人急急地走向虎嘯發出的地方，趴着圍欄往下看，只見十多米深的地方，是一片很大的黃土地，黃土地上有幾處小山崗，四隻老虎正在那裏跳上跳下，一邊

跳一邊咆哮。

　　小嵐和曉晴曉星交換了一下眼神，咦，這應該又是異常情況。因為他們小時候常去動物園玩，見到被馴養着的老虎要不是懶洋洋地睡覺，要不就是悠閒地踱着四方步，從沒見過牠們如此煩躁的。

　　這時一個飼養員來了，他使勁提起一個裝滿肉塊的鐵桶，又一使勁，把整桶肉倒進了虎山。可那四隻肉食猛獸對那些美味看也不看一眼，仍然不住地跑着叫着。

那飼養員不禁搖了搖頭。

小嵐趁機問道：「叔叔，那些老虎怎麼了？好像很煩躁似的。」

飼養員看了看小嵐，説：「這四個傢伙不知怎麼搞的，今早起牀後就很奇怪，我進去清潔時，牠們還想咬我呢，幸好我跑得快，才沒讓牠們咬一口。我現在也不敢進去餵牠們了。牠們平常最饞嘴了，一見了肉就像餓鬼一樣過來搶，現在你看，扔到牠們嘴邊也不看一眼……」

「叔叔，那你這幾天得小心點，別讓牠們傷着。」小嵐説。

飼養員點點頭，説：「好的，謝謝！希望牠們很快恢復過來吧！」

小嵐拉着曉晴曉星離開了虎山，她説：「虎山的情形，回去也要匯報。」

「是！」曉星拿起筆在紙上記錄着。

在動物園走了幾個小時，連午飯也只是買了幾個包邊走邊吃，到了下午三點，總算把動物園走了一遍，他們也累得快走不動了。

在公園的長椅上休息了十分鐘，小嵐說：「好啦，時間不早了，我們趕緊回地震局，把動物的異常情況告訴斯丁哥哥。」

雖然小嵐對曉星說歷史不會改變，地震時間不會改變，但不怕一萬，就怕萬一，要是地震在這個時空提前了，那就⋯⋯

小嵐覺得要爭分奪秒了。

第八章

市長親臨

　　路上堵車，回到地震局時，已經是四點十五分了，小嵐三個人小跑着向會議室走去。

　　林局長見他們進來，點了點頭說：「好，人到齊了，請四個小組各派一個人匯報一下所負責各觀察點的情況。第一小組先講吧！」

　　第一小組派了一個小男生匯報：「今天我們組去的第一個點是位於市郊的梅子莊。我們發現了一個很奇怪的現象，成百隻蝙蝠到處飛，有個村民一伸手，就捉到了兩隻；我們去的第二個點是紅雲村，那裏……」

　　第二小組匯報的是一個女孩子：「我們把三處地下水作了調查，發現有突然升、降或變味、發渾、發響、冒泡的現象出現……」

　　第三組由小嵐匯報，她向大家報告了動物園裏蜥蜴、老虎等動物的異常表現。

最後，第四組也匯報了他們的發現。

參加會議的都是地震研究所的地震工程師，他們認真地拿着本子在記錄。

等三個組都匯報完了，大家才放下筆，抬起頭來，每個人臉上都神情凝重。

林局長對一名工程師說：「陳工，你帶小傢伙們去資料室，給陳萍幫忙去。她們資料室只有兩個人，要找出世界上歷次地震前兆資料比對，人手遠遠不夠。」

陳工應了一聲，站起來招呼暑期工跟他走。

小嵐猶豫了一下。時間不等人，距離大地震的時間越來越近了，她很想參加接下來的會議，好在關鍵時刻推動一下，爭取能把發地震預警的事定下來。但她也知道這類重大會議，不會讓她們這些小毛孩參加，她只好無奈地走出了會議室。

「下面我們繼續討論。你們都是地震方面的專家，我知道你們會慎重地考慮一切。記住，海亞加市六十多萬人的生命財產掌握在你們手中。」林局長一臉嚴肅，「烏市長昨天已經讓秘書打了好幾次電話來，詢問地震預測的事。希望你們今天能給我一個準確答案。」

羅斯丁說：「好的。其實在國家地震局發出文件的半年前，我們研究所已開始追蹤地貌情況。但是，這兩天所發現的情況，明顯又比我們之前追蹤到的進了一步，本市地震前兆越來越多，越來越明顯。地下水的變化，動物的異常，以及本地出現近十年來每日平均氣壓最低值，還有……」

羅斯丁又說了一大堆可能是地震前兆的情況。

林局長越聽眉頭皺得越緊，等羅斯丁說完，他掃視了一下在場的十幾位工程師，說：「情況大家都知道了，究竟發不發地震預警，各位也說說看法。」

工程師們互相交頭接耳了一會兒，一名叫寧陽的年青工程師說：

「通過一系列追蹤，很多跡象顯示本地有地震發生的可能性。最近幾天裏，又發生了一系列地震異常現象。可以肯定，海亞加市目前處在一個高度危險時期，地震很有可能隨時發生。雖然我們現在還無法確定地震的準確時間，但是我認為應該提請市政府儘早做好防震、抗震的準備工作。我本人贊成發地震預警。」

中年工程師韋定一接着發言，他說：「我認為，在

未能準確測定地震發生的時間地點時，不可以發預警。因為預警一發出，牽涉重大，工廠停工，商店關門，人們搬離家居，由此導至的損失及引起社會恐慌，會很嚴重。所以，我不贊成現在發地震預警。」

專家們一個個搶着發言，贊成發地震預警和不贊成發地震預警的各佔一半。

人們發言期間，羅斯丁一直皺着眉頭，不時在筆記本上記着什麼，當基本上每人都說了自己看法後，發現意見難以統一時，大家都把目光投到羅斯丁身上，希望他作為研究地震方面的傑出專家，能作出明智決定。

面對人們的眼光，羅斯丁感到巨大的壓力。作為一名地震工作者，他覺得按目前掌握的情況，是不足以發地震預警的。

正猶豫間，會議室的門被推開了，陳工程師領進來幾個人，竟是海亞加市政府的烏市長和圭副市長來了。

烏市長身型高大，長得方面大耳，很有官威；圭副市長則相反，身材瘦削，臉型窄長，整個人像一根細長的竹竿。

見到市領導人來到，會議室裏所有人都站了起來，

林局長走到幾位市領導面前，笑着說：「歡迎市領導來指導工作。」

把兩位市領導人領到主位坐下，烏市長單刀直入地說：「客氣話就別多說了，我們來這裏，只想問一句話——究竟會不會發生地震，什麼時候地震。」

在座的專家們，包括羅斯丁在內，都暗暗苦笑。市長這句話讓他們太沉重，因為這世界上沒有一個人能回答他這個問題。要是人類能這樣準確地預測到災難的話，那就不會有那麼多人死於非命了。

羅斯丁說：「市長，對不起，到目前為止，我們還無法給出一個明確的回答。」

兩位領導人臉上霎時變得很不好看，圭副市長冷着臉說：「你們不是地震專家嗎？怎麼預測個地震會這麼難？」

羅斯丁看了圭副市長一眼，說：「圭市長，對不起，地震預測是世界難題。大自然有許多未知的秘密，而地震就是其中之一。第一，因為地球的不可知性。有句話叫『知道上天容易入地難』，我們對地底深層發生的變化，只能通過地表的觀測來推測；第二，因為地震

形成的複雜性。在不同的地理構造環境、不同的時間階段，不同震級的地震都顯示出相當複雜的形成過程；第三，因為地震發生的小概率性。全球每年都有地震發生，有些還是比較大的地震。但是對於一個地區來說，地震發生的間隔時間是很長的，幾十年、幾百年、上千年，而進行科學研究的話，要有統計樣本。而這個樣本的獲取，在研究人員有生之年都非常困難。地震預測作為一個世界性科學難題，現在全世界都在努力研究、探索地震預測的有效途徑，但就目前來說，不管國內還是國際上，還很難完全準確地預報地震。」

烏市長聽了解釋，臉色稍為好看些，他說：「地震預測的確難度很大，但因為牽涉到市民的生命財產，市政府希望你們儘快給出準確答案。希望就放在你們身上了。」

「是，市長！」羅斯丁說，「我們會儘快給市政府一個說法。」

圭副市長冷哼了一聲：「國家給你們薪酬，給你們研究經費，就是要你們在關鍵時刻，發揮科學工作者應有的作用。我希望國家的錢不要白花了，如果因為你們

的無能導致人民生命財產受損失，你們就是人民的罪人。」

　　工程師們沒作聲，只是一臉不開心。

　　烏市長皺皺眉頭，說：「圭副市長，不要給他們太大壓力，他們已經夠辛苦了。」

　　烏市長又對羅斯丁說：「時間就是生命，你們要加油了。」

　　羅斯丁點點頭，說：「好！」

第九章

她將在地震中死去

七月十五日晚上,天氣異常的悶熱。

一九九五年的海亞加市,還沒多少地方能使用空調,招待所房間裏也只有一把吊在屋頂的風扇。也許風扇已經使用了不少歲月,年老體弱,這時在半死不活地慢慢轉着。

「好熱啊!為什麼不裝空調?」曉星抓着一把大葵扇使勁地搧着,但臉上還是汗津津的。

曉晴把黃瓜切成一塊塊圓片片,敷在臉上,既可以美容又能得到點小涼快,真是一舉兩得。

小嵐就呆呆地躺在牀上想事情,她不知道明天羅斯丁給出的答案是什麼,如果他仍堅持不發地震預警,那自己還可以怎樣做。

等待的時間太煎熬,加上房間裏天氣酷熱,小嵐有點呆不住了,她一骨碌爬起牀,説:「我出去走走。」

説完彎腰穿鞋子。

　　「我也去！」曉星早就呆不住了，他把扇子一扔，就準備跟小嵐走。

　　曉晴害怕一個人留在房間，便一把撥掉臉上的黃瓜，説：「我也去！」

　　於是三個人下了電梯，走出招待所大門。

　　九十年代的海亞加市，商店都沒有夜市，一到五六點鐘就全都關了門，不過卻有另一番熱鬧──因為天氣太熱，人們都從屋裏走出來，在門口擺一張小圓桌，幾張小板凳，一家人圍坐着喝喝茶，磕磕瓜子，聊聊家常，不時響起一陣陣笑聲。

　　「媽媽，你先嘗！」一把奶聲奶氣的聲音傳來。

　　一戶人家門口坐了一家三口，三十來歲的父母，大約三、四歲的女兒。

　　小女孩好可愛啊，她頭上梳着兩條小辮子，還戴着個蝴蝶結。她眼睛很大，兩顆黑眼珠像兩顆黑葡萄，圓臉蛋像個熟透了的紅蘋果，兩邊臉頰還各長了一個小酒窩……

　　這時，小女孩正把手裏一隻香蕉伸到媽媽嘴裏，要

媽媽吃。那位母親臉上笑開了花，她張嘴咬了一小口香蕉，幸福地咀嚼着。

小女孩又把香蕉伸到爸爸面前：「爸爸，你也嘗嘗！」

「呵呵呵！」父親笑得嘴巴都快裂到耳根了，他也張嘴咬了一小口香蕉，然後慢慢嚥下，好像在吃着天下最美味的東西。

小女孩給爸爸媽媽吃過香蕉，自己才張開小嘴巴，一口一口地吃着。

多麼漂亮又乖巧的小女孩啊！小嵐幾個人都看呆了。

「熙熙真乖！」那位媽媽摟着小女孩，在她的小臉蛋上親了一口。

「熙熙？！」小嵐突然像被雷打了一般，她突然想起了什麼。

身旁的曉星也聽到了那位媽媽的話，他的目光又落到了小女孩的頭上，不禁目瞪口呆。

「小嵐姐姐，你快看，蝴蝶結，蝴蝶結！」曉星聲音有點顫抖，指着小女孩頭上的蝴蝶結。

小嵐眼光落到小女頭上的蝴蝶結，那蝴蝶結是紅色的。

瘋嬸嬸頭上戴的，不就是這樣款式的蝴蝶結嗎？他們的女兒也叫熙熙！

再看那兩夫婦，雖然年齡不對、神情更是天壤之別，但從輪廓上還是看到了一絲絲熟悉……

沒錯，他們正是悼念牆前面那對姓莊的夫婦。

眼前這對夫婦幸福的笑容，跟他們二十年後悲苦的神情，在小嵐眼前交替出現，最後交匯在小女孩熙熙那張快樂的小臉上。小嵐心裏掀起了滔天大浪——這小女孩就是熙熙，她將會死在地震中！

不可以！不可以！小嵐心裏在大聲吶喊。

絕對不可以讓這温馨的畫面變成點點碎片，不可以讓那可愛的小女孩死去，不可以給那對父母留下永久的悲傷！

她猛一轉身，急急地往回走。

「小嵐姐姐！」曉星此刻和小嵐一樣心潮翻滾，他不知道小嵐要做什麼，喊了一聲，見小嵐不理他只顧走，便也急急地跟了上去。

曉晴沒見過那對夫婦，也沒聽過他們的故事，心裏莫名其妙的，不知道小嵐為什麼有這樣的反應，見曉星跟在小嵐後面急急地往回走，也只好跟在他們後面。

　　曉晴小跑着跑到小嵐身邊，見她臉色蒼白，好像生病的樣子，便問：「小嵐，你怎麼啦？」

　　小嵐實在不忍把那悲慘的故事再說一次，便叫曉星：「你跟曉晴說説。」

　　曉星說：「我和小嵐姐姐在海亞加市的悼念牆前面，見過一對四五十歲的夫婦。女的神經失常了，那是因為，他們唯一的女兒熙熙在地震中遇難。當時瘋嬸嬸頭上戴了很多個紅色的蝴蝶結頭飾……」

　　「蝴蝶結頭飾？」曉晴眼睛睜得大大的，她的心咯一下，她剛才也看到了小女孩頭上的蝴蝶。

　　「啊，這對夫婦就是剛才那爸爸媽媽？那麼死去的小女孩，不就是……啊，天哪！」曉晴突然尖叫起來。

　　「天哪，天哪！我真受不了！」曉晴用手捂着胸口，只覺得心臟撲通撲通地跳，好像要從嘴裏跳出來。

　　任何人知道那個幸福的家庭即將被毀滅，恐怕都不能無動於衷！

「小嵐，咱們現在去哪裏？」曉晴按捺着心裏震撼，問道。

小嵐眼睛直直地看着前面：「去地震局。」

曉晴看看手錶，都快九點了：「這麼晚，地震局還有人嗎？」

「一定有！」小嵐堅定地說，「起碼斯丁哥哥和研究所的叔叔阿姨會在。」

曉晴又說：「我們現在去，能幫上什麼忙？」

小嵐說：「能幫什麼就幫什麼。」

走着走着不見了曉星，小嵐和曉晴回頭找時，見到他站在一個推着小車的流動小販跟前。那是一個賣烤番薯的小販，小車上放有一個爐子，爐子上烤着熱烘烘的番薯。一見曉晴，曉星便說：「姐姐，給我錢……」

曉晴一聽氣不打一處來，她怒目圓瞪地看着弟弟：「真是個吃貨！這個時候，你還有心情吃。」

曉星看看自己姐姐，委屈地說：「誰說是我想吃，小嵐姐姐不是說我們回地震局能幫什麼就幫什麼嗎？斯丁哥哥他們工作到這麼晚，一定餓了，我想買些番薯去給他們吃。」

小嵐見曉星眨着眼睛，想哭想哭的樣子，便馬上表揚說：「哇，曉星想得真周到啊！好，我們就按曉星說的去做，買番薯給斯丁哥哥他們作宵夜！」

　　被小嵐姐姐表揚的感覺真不錯哦！曉星馬上挺了挺胸脯。

　　曉晴知道自己冤枉了弟弟，挺內疚的，急忙拿出錢包拿錢給曉星。幸好昨天剛發了第一次暑期工的錢，曉晴又恰恰帶在身上。當下曉星買了十幾個熱騰騰的烤番薯，跟小嵐曉晴一人捧幾個，匆匆向地震局走去。

第十章
愛心番薯

地震局這晚值班的門衞是個五十來歲的、好脾氣的伯伯，小嵐三人上了幾天班，門衞伯伯已經認得他們。當下見到他們三個捧着熱番薯回來，便問：「這麼晚了，你們怎麼還不回家？還回來幹什麼？」

曉星搶着説：「伯伯，我們給斯丁哥哥他們送夜宵的。」

「哦，真是好孩子！」門衞伯伯朝他們豎起大拇指，「他們都在辦公室呢，你們快去吧！」

「謝謝伯伯！」小嵐説完，拿了一個番薯，遞給伯伯，「伯伯，你也辛苦了，請你吃一個。」

門衞伯伯見幾個小孩這麼懂得敬老，很開心，笑呵呵地接過了番薯。

走進研究所辦公室，果然燈火通明，一班工程師有的在翻資料，有的在檢查各種數據，還有幾個人圍在一

起討論着什麼。

羅斯丁拿着一疊資料走來，見到小嵐他們，便説：「你們怎麼還不休息。」

曉星把一個番薯塞到他手裏，説：「我們給你們送愛心番薯來了！」

羅斯丁接過番薯，聞了聞，笑着説：「好香！你這麼一説，我還真的覺得肚子餓了。謝謝啦！」

三個人把手裏的番薯派給叔叔阿姨們，一人一個，剛好派完，但他們自己卻沒得吃了。

看着忙了一晚上的叔叔阿姨們香甜地吃着番薯，他們心裏挺開心的，連最饞嘴的曉星都笑瞇瞇的，比自己吃了還高興。

小嵐走進所長辦公室，見到羅斯丁一邊吃番薯，一邊看資料，便問：「斯丁哥哥，你們不休息一會嗎？什麼時候才能作出決定？」

羅斯丁説：「現在還要做一些資料比對工作，恐怕要忙到天亮。」

小嵐看了看他桌上一大堆資料，又説：「我們有什麼可以幫忙的？」

「不用了，因為都是專業性很強的工作，你們幫不了。」羅斯丁搖搖頭，説：「你們趕快回招待所休息吧！」

　　小嵐不想離開，她希望能第一時間知道專家們的決定。她看看曉晴和曉星，見他們也是一副賴着不走的模樣，便對羅斯丁説：「斯丁哥哥，路上黑沉沉的，我們不敢回去。我們就在這裏呆一晚好了，你們臨時需要幫忙，可以隨時叫醒我們。」

　　羅斯丁也擔心他們的安全，就同意了，他説：「走廊的盡頭有一間休息室，裏面有幾張沙發，你們就在沙發上睡吧！」

　　休息室剛好有三張長沙發，三個人一人睡了一張，還滿舒服的，但他們卻輾轉反側睡不着。

　　「小嵐姐姐，你睡了嗎？」曉星問。

　　「沒有。」小嵐仰面躺着，眼睛在黑暗中閃着光。

　　「曉晴姐姐，你呢？」曉星又問。

　　「也沒有。我擔心得小心臟一直在怦怦跳呢！一想到那可愛的小女孩，我就難受死了。天哪，不能讓那個可愛的小女孩死，不能！」

「唉，不知道斯丁哥哥他們會得出什麼結論，要是決定發地震預警，那就一切都解決了。要是他們還是覺得理據不足，不準備發，那該怎麼辦？」曉星身體一會兒向左，一會兒轉向右，好像碰到了人生中最大的苦惱。

「睡吧！會沒事的。你們想想，我們穿過到過那麼多地方，每次都碰到了很多困難，但又每次都圓滿地功成身退，回到未來。」小嵐打了呵欠，說，「睡吧睡吧，會沒事的。」

曉星眼睛一亮，說：「是啊是啊，萬卡哥哥不老是說小嵐姐姐是個小福星嗎？有了這個小福星，我們這次超時空拯救行動一定會完滿完成，一定能成功預告地震，救出海亞加人。」

曉晴少有地贊同曉星的話：「曉星說得對！天下事難不馬小嵐。睡覺去！」

就這樣，三個人倒頭便睡，一覺睡到大天亮。

第二天早上小嵐醒時看看手錶，已快七點了。

她看了看曉晴和曉星，見他們還睡得正香，便起了身，輕手輕腳走出了會議室。

去到了辦公室，見到忙了一夜的叔叔阿姨，有的靠着椅背，有的伏在桌上，有的用手撐着腦袋，一個個都在睡覺。

小嵐又走去所長辦公室，發現羅斯丁沒有睡，他背靠着辦公椅，眼望着天花板，皺着眉頭在想着什麼。

小嵐用手輕輕敲了敲門，羅斯丁看向門口，見是小嵐，笑着説：「醒了？進來坐坐。」

小嵐坐在羅斯丁對面的椅子上，有點迫不及待地問道：「斯丁哥哥，有結論了嗎？打不打算發地震預警？」

羅斯丁説：「要有百分百準確的結論，是不可能的。目前世界上還沒有準確預告地震的方法。但綜合各種情況，全指向地震會發生，而且是這幾天發生。所以，我傾向於發預警，即使事後證明錯了，即使因發預警造成極大損失，總好過一點不防備，真有大地震發生時令市民無辜喪生。」

小嵐舒了一口氣，心裏一塊大石頭終於落地了。她説：「斯丁哥哥，我相信你的判斷，我相信事實會證明你的決定是正確的，我支持你發地震預警。」

羅斯丁緊皺的眉頭舒開了，他朝小嵐綻開了笑容：
「小嵐，謝謝你的信任。等會兒開會，我會提出自己看法。」

第十一章

出了問題，我負責！

十六號早上八點。

工程師們醒來了，一個個伸懶腰打呵欠，他們都明顯的休息不足，都有了熊貓眼。大家到洗手間洗了把臉，就陸續去會議室準備開會了。

今天是決定性的一天，是決定發不發地震預警的一天，所以每個人心裏都挺緊張的。

小嵐和曉晴曉星很想進去參加會議，好在關鍵時刻給羅斯丁支持，三個人在會議室門口探頭探腦的，想伺機偷偷溜進去。

「喂！你們是什麼人？地震局重地，可以隨便來玩的嗎？」一把鵝公喉大聲喝道。

小嵐和曉晴曉星回頭一看，啊，冤家路窄，原來是大前天跟他們同一輛火車的那個地震局副局長任仁宰！

「原來是你們三個小騙子，怎麼在火車上逃票還不

算，又到這裏來招搖撞騙了！」任仁宰認出是小嵐他們，胖臉一黑，言語間更加不客氣了。

這時羅斯丁從會議室出來，說：「任副局長，他們是局裏新請的暑期工，臨時來幫忙的。」

「暑期工？羅總，你竟然請這三個小騙子來地震局做暑期工！太離譜了吧？」任仁宰不高興地看着羅斯丁。

「你才是騙子！」小嵐三個人異口同聲地說。

羅斯丁說：「任副局長，你別帶着有色眼鏡來看他們，這三個孩子不是騙子，他們只是來旅遊時丟了錢包。他們來這做暑期工，也是為了掙錢，好把錢還我的。再說，我們地震局是清水衙門，有什麼好騙的。」

「不行不行！想做暑期工的人多着呢，幹嘛請這些來歷不明的壞孩子！」任仁宰不依不饒的。

「你才來歷不明呢！我們是好人，比你好上一百倍一千倍的好人！」曉星直朝任仁宰瞪眼睛。

「不行，你們快走，快走，再不走我就要請護衞員來抓你們，送去警局！」任仁宰像趕鴨子一樣往外趕小嵐他們。

這時，林局長來了，見狀皺皺眉，說：「任副局長，算了算了，我看他們不像壞孩子，再說還是羅總擔保他們進來的，就讓他們留下來吧！」

林局長比任仁宰官大一級，任仁宰也不好再堅持了，氣哼哼地走進會議室，走了幾步又轉身，砰一聲把門關上了，把小嵐他們堵在門外。

小嵐和曉晴曉星不但沒能進會議室，還被那任仁宰噁心了一回，心裏挺鬱悶的。他們昨晚休息的地方正好

就在會議室隔壁，便打算再回去躺躺，等羅斯丁開完會，就馬上去打聽消息。

覺得房間裏空氣有點悶，小嵐把窗戶全打開了，沒想到這一打開，卻有新發現，這窗子跟隔壁房間的房子挨得很近，竟能聽到隔壁講話的聲音呢！

「噓！」小嵐把手指擱在嘴邊，提醒曉晴曉星別説話，三人靠在窗邊，仔細地聽着隔壁的動靜。

會議室裏林局長清了清嗓子，説：「知道大家都忙了一晚上，大家辛苦了！」

他又拍拍身邊任仁宰的肩膀，説：「給大家介紹一下，這位是我們局剛來的副局長，任仁宰先生。請大家鼓掌歡迎！」

在座的人鼓起掌來，不過都只是應付式的，一點不熱烈。剛才會議室門口的一幕，大家都看見了，任仁宰對三個孩子態度這樣惡劣，給他們留下了很不好的印象。

任仁宰站起來，臉上帶着傲慢的笑容，朝開會的人們微微點了點頭，然後又坐下了。

林局長又説：「任局長也是個有着豐富經驗的地震

專家，相信他來了以後，會讓我們地震局工作更上一層樓。」

他又把與會者逐一介紹給任仁宰。任仁宰還是老樣子，對每個人都只是微微點頭，十分傲慢。

林局長介紹完畢，又說：「聯合國教科文組織聯同國際地震學協會，在首都召開防震抗震經驗交流會，我要出席。我馬上要去機場了，我離開這段時間，局裏的工作由任副局長全權負責，你們有什麼事，可直接向任副局長請示。」

林局長說完，又跟任仁宰耳語了一會兒，然後起身走出去了。

「咳，咳咳！」任仁宰清了幾下嗓子，打開面前本子，說：「局裏最近的情況我已經很清楚了，也知道市長給下了死任務，要你們儘快決定是否發出地震預警。不知道現在有了結論沒有。羅總，你說說。」

「好的，任局長。」羅斯丁打開面前本子。

任仁宰黑着臉，眼睛望向天花板。他是個心胸狹隘的人，幾天前在火車站就跟羅斯丁鬧了個不愉快，剛剛又因羅斯丁維護幾個暑期工心裏堵着口氣，所以也沒準

備給羅斯丁好臉色。

　　羅斯丁沒管他高不高興，工作要緊，他不想浪費時間跟這種人計較。

　　「各位，大家都知道，地震預測方法大致可以分為三類：地震地質、地震統計和地震前兆。鑒於這三種思路都有片面性，都不能獨立地解決地震預測問題 。所以我們實際採取的是綜合的辦法，把這三種不同思路所得放在一起對比參照，對未來的地震活動作出估計。經過慎重研究，得出結論：在最近幾天，會有五至七級大地震發生。現在，我們建議向市政府提交方案，馬上向市民發出地震預警。」羅斯丁說完，把手裏一份資料遞給任仁宰，「這是我們所依據的各種數據。」

　　任仁宰接過資料，皺着眉頭翻了翻，然後放在一邊，說：「即使全世界最好的專家，都無法準確說出地震的震央和時間，你們以為自己可以嗎？好多地震發生前，地質構造往往不甚明朗，震後才發現有某個斷層，認為與地震有關；對過去已發生的地震，運用數理統計方法，從中發現地震發生的規律，特別是時間序列的規律，根據過去以推測未來。此法需要對大量地震資料作

統計，研究的區域往往過大，所以判定地震的地點很困難；而前兆研究、觀測中常有各種天然的和人為的干擾，目前還未找到一種普遍適用的可靠的前兆。這些，你們都知道嗎？如果錯發警告，令國家和市民財產遭受巨大損失，你們承擔得起嗎？」

任仁宰一連串的質問，令在座的專家們很不開心，他們都用不滿的眼光看着這個新來乍到、也不深入了解一下情況就亂作批評的新領導。有些人在小聲嘀咕，發洩不滿。

羅斯丁說：「任副局長說的這些，我們當然知道，但是按我們目前掌握的情況，地震不可避免，而且迫在眉睫，我們不能糾纏在『準確』二字上，害怕未能很準確，便不做事。不怕一萬，就怕萬一。海亞加市的地質情況比其他城市不同，市內的吉田煤礦已經開採了一百多年，城市地下大半是空的，一遇地震就會構成重大災難。請問任副局長，這些情況你有考慮嗎？」

任仁宰其實真是沒考慮這些，不過當着下屬的面他肯定死撐了：「我當然有考慮這些因素，還用你提醒嗎？但是不能認為我市的地形環境特殊，又根據一些模

棱兩可的所謂前兆，就胡亂發預警。要知道錯發預警具有多大的危害性？告訴你，一場範圍較廣的地震傳言，造成的經濟損失有可能不亞於一個破壞性地震。我希望你們再深入了解，掌握更多情況，再作出準確預測，然後再決定發不發地震預警。」

羅斯丁還沒來得及出聲，其他人就紛紛表示不滿了。

「把我們辛辛苦苦搜集到的資料當作兒戲，把我們嚴謹的科學態度說成『胡亂』，任副局長，你不覺得自己很過分嗎？」

「我們做了多長時間的觀測，分析了多少數據，你知道嗎？」

「任副局長，你太不尊重別人的勞動！」

「準確預警？你也是地震工作者，你難道不知道，地震是沒可能百分之一百準確預測的嗎？」

「是呀！如果有人能很確定地知道地震發生在哪一天哪一個地點，那世界上就不會有那麼多人死於地震了。」

任仁宰聽着人們的不滿聲音，一聲不響，只是眼珠

不住地轉動着，一副狡猾的神情。等人們的聲音漸漸平息，他說：「反正，我是不會把你們的決定報上市政府的。你們一定要報的話，就以研究所的名義報。不過，一切後果由你們負責。」

任仁宰說完，鼻子哼了一聲，走出了會議室。

會議裏的人都沒有走，一個個看着羅斯丁，眼裏滿是無奈。

寧陽突然使勁把桌子一拍，說：「我明白了！」

大家都看着他。

寧陽說：「這新來的任副局長分明是不想負責任，他這樣做是想推卸責任。他明知地震預報以目前的技術來說還不成熟，他害怕報錯了要負責任，會丟掉官帽子，所以他不想經他手上報這份報告。我們報上去之後，如果真的錯報了，他可以推得一乾二淨，說是我們自己上報的；如果我們報對了，他就來領功，因為研究所是在地震局領導之下的啊！」

「真狡猾！」

大家都很生氣。韋定一說：「怎麼會有這樣的領導呢！羅總，怎麼辦？」

羅斯丁說：「根據我們研究的結果，已知道地震是無可避免的，只是震源和震時未能明確，既然這樣，我們不能拿海亞加市六十多萬市民的生命作賭注，我認為一定要預警。」

一個頭髮花白的老工程師說：「羅總，我們是不是再等幾天，再搜集多點資料，然後再報？」

羅斯丁搖搖頭，說：「不行！不能等了。按目前掌握資料，地震時間就在這幾天，再不作出預警，那就晚了。」

一個女工程師小聲說：「羅總，我們再想想，如果報錯了，那後果真的很嚴重，可能要追究法律責任呢！」

羅斯丁說：「不要猶豫了，馬上報。我是研究所所長，出了問題，我負責。」

「不行不行，我們一齊負責！」大家異口同聲地說。

小嵐和曉晴曉星在隔壁，一句不漏地聽到了整個過程，他們被羅斯丁的勇於承擔感動了，真想馬上衝到他面前，說一聲：「斯丁哥哥，好樣兒的！」

對任仁宰的狡猾無恥，他們十分憤怒，真想跑去把他揍成豬頭。

　　不過，他們也大大地鬆了一口氣，看來羅斯丁這回是鐵了心向市政府建議發地震預警了。

第十二章
發出地震預警

　　十六日早上九時半，離海亞加市大地震距離不到二十六小時。

　　海亞加市政府收到了市地震局研究所送來《有關建議發出地震預警的報告》，十分鐘後，全體市領導接到緊急通知，出席由烏市長主持召開的特別會議。

　　「各位，地震局研究送來報告，建議馬上發地震預警，大家用十分鐘時間，看看各人面前的報告副本？」烏市長努力按捺着心裏的緊張說。

　　十分鐘後，烏市長「咳咳」地清了兩下嗓子，說：「大家看完了吧？你們怎麼看？」

　　「準確率有幾成？萬一報錯了……」圭副市長皺着眉頭說。

　　「雖然說，現在科學上還未能準確預告地震，但畢竟地震研究所發現了許多地震前兆。如果研究所的判斷

是對的，那就⋯⋯」另一名副市長一臉憂慮。

　　一番討論之後，由烏市長一錘定音：「市政府一致決定，明天早上八時正發出地震預警。我建議，馬上成立『海亞加市抗震救災指揮部』，指揮和協調地震應急與救災工作，由我擔任指揮長，米副市長、圭副市長、市政府辦公室斯主任擔任副指揮長，指揮部人員包括民政事務局局長閔充、安全局局長萬騏、衛生醫療局局長戴思、地震局局長林開明及副局長任仁宰、地震研究所所長羅斯丁⋯⋯」

　　烏市長宣布完指揮部名單，又對正在記錄的市長秘書說：「劉陵，馬上發出緊急通知，請抗震救災指揮部全體人員，半小時以內到這裏開會！」

　　除了在民政事務局長閔充、地震局局長林開明因公幹正在趕回來的路上，其他人員都在半小時內來到了市政府一號會議室。

　　烏市長一開始便切入正題：「剛剛收到地震研究所報告，我市在幾天內會發生五到七級大地震，提議馬上進入防震預警程序。市政府決定接納意見，準備於七月十七日，即明天上午八時向公眾發出地震預警，全體市

民馬上撤出家居、寫字樓、廠房及一切建築物，到安全地方躲避。為做好抗震工作，馬上設立抗震救災指揮部，今天與會各人便是指揮部成員。此次會議結束後，馬上通知有關部門關閉核電廠、組織所有從事地下挖掘工作的工人馬上回到地面，會議結束後各人馬上返回所屬部、局，做好準備工作；通知全市的消防車、救護車要在明天七時前全部停放在市裏各個廣場待命；各醫院和抽調二十名醫生組成醫療隊，以備救治傷病員之需；立即購買大量救傷物資，大量飲用水及方便食品；各區域公園、綠地、廣場、露天體育中心、停車場、學校操場和其他避難所的空地，儘快清空、做好容納市民準備，馬上購買、調集大量簡易帳篷，以作市民臨時居住所用……」

烏市長一口氣把各部門馬上要進行的工作説完，又説：「市民撤離建築物工作在明天上午八時開始，上午十一時前要全部完成。在明天八時頒布地震預警之前，一切還要保密，以免引起市民恐慌……」

羅斯丁是緊急會議的參加者之一，開完會後一回到研究所，一幫同事馬上圍了過去，都想知道市政府的最

後決定。

「市政府決定採納我們意見，馬上成立抗震救災指揮部，由烏市長親自擔任總指揮。明天早上八點發出地震預警並開始讓市民撤出建築物，在上午十一點前，把全部人員撤到安全地方……」

「噢，太好了，十一點前所有人全部撤出，太正確了！海亞加市有救了，不會有人死亡了！」小嵐高興地喊了起來，她一把摟住曉晴曉星，三個人高興得相擁着一跳一跳的。

十一點前全部撤出，時間剛剛好啊！因為他們都清楚知道地震時刻——十一點零九分。

研究所的人看了，心裏都有點納悶，不知道這三個小傢伙為甚麼認定一定有大地震發生。他們當然都希望市政府接納自己意見，發出地震預警，預防那場在他們心目中「不怕一萬就怕萬一」的大地震。但畢竟心中仍有忐忑，因為作為地震研究專家，他們都明白以現時的預測水平，是不會百分百準確預報地震的。

羅斯丁心裏突然打了個愣。自從認識小嵐他們之後，就不斷地聽到他們對即將發生大地震的肯定說法，

看上去他們不是喜歡胡說八道的人，憑什麼他們如此肯定？羅斯丁只覺得心裏怪怪的。

他按捺着心裏的狐疑，繼續說：「明天八時後，我們會留部分同事繼續進行各項儀器的監測工作，其餘同事就組成工作隊，負責說服一些不肯撤離的市民，把他們帶到應急避難場所……」

曉星大聲說：「我們也去！」

羅斯丁點點頭，說：「好。你們三個就跟着我吧！」

從表面上看，海亞加市面上沒有一點變化，街上的人仍在悠閒地走着，商舖仍在做着買和賣的生意，工廠的機器仍隆隆地響着……

但暗地裏一切在悄悄地進行着。

政府轄下各部門動起來了，醫院動起來了，消防局動起來了，警察動起來了……

一車又一車飲用水及方便食品、醫療物資運送到各臨時安置點；醫護人員隊伍、紀律部隊在集結；核電廠在做着關閉前的準備工作……

小嵐和曉晴曉星被留在研究所，幫忙製作各種名

牌，當地震預警發出後，所有工作人員就會佩帶名牌，按分工開始工作。

小嵐幹得很開心，海亞加市政府把所有安排得太完美了，各個微細的地方都照顧到，按這樣的安排，這次驚天大地震的傷亡人數將會減至最低，甚至零傷亡，市民在地震發出後也不會無家可歸，不會餓肚子，不會發生任何混亂……

小嵐突然想到了什麼，她的心一下子揪起來了。雖然他們三人在這幾天幫忙做了很多事，但是，按羅斯丁哥哥的認真負責態度，即使沒有他們三個，他也肯定會提出地震預警，一定會促使政府預防地震。那為什麼……為什麼在另一個時空還是發生了那場大災難？

小嵐好像有點不祥的感覺：難道會突然發生什麼變化？

不會吧！小嵐出了一身冷汗。

不會的，政府已經決定明天早上八時發出地震預警了，沒理由收回的。自己是杞人憂天了！小嵐安慰自己。

第十三章
誤報地震

　　七月十六日上午十一時，距離大地震發生二十四小時零九分。地震研究所的地震預報室裏，一名技術員目不轉睛地盯着地震記錄儀器，儀器上的指標平穩地劃着直線。突然，直線變為曲線，似在發抖，又像在跳躍，好像想表達什麼。

　　技術員臉色一變，急忙把各種數據打印出來。

　　「地震了，地震了，發生地震了！」技術員抓着一張打印紙衝出了預報室。

　　羅斯丁和寧陽等幾名工程師正在看一份剛收到的化驗報告，聽到技術員的話都大吃一驚，有人還條件反射地抓住身旁的桌子。

　　「不是我們這裏地震，是附近的達里市發生了四點二級地震。我們誤報了！」技術員説着，把手裏的那張紙遞給羅斯丁。

四五個腦袋伸過去，盯着那張打印紙上的數據，一臉震驚。

羅斯丁眉頭皺了起來，他對技術員說：「小白，馬上跟各個觀測點聯繫，看各項指標有什麼變化！」

「是！」小白急忙跑回預報室。

寧陽一捶桌子：「老天爺在捉弄我們嗎？之前出現了那麼多的異常現象，原來是達里市地震前兆！」

韋定一額頭滿是冷汗：「這回糟了，我們誤報了，怎麼辦？怎麼辦？」

小白滿頭大汗跑回來了：「羅總，聯繫過了，幾乎所有指標都恢復正常或者接近正常。」

羅斯丁手一鬆，拿着的那張打印紙掉落地上。

這時，辦公室所有人都走過來了，大家都默默地看着羅斯丁。

好一會兒，羅斯丁才清醒過來，他難難地張開嘴，說：「小白，告訴任局長，告訴他達里市發生地震。請他通知市政府，撤消明天八時發出的地震預警。」

「是！」小白擔心地看了羅斯丁一眼，轉身走了。

羅斯丁看看圍着自己的同事，勉強讓自己有點笑

容，説：「為配合地震預警要做的事，全部放下。大家返回原工作崗位，該幹什麼就幹什麼。」

　　一名年輕的技術員一臉惶惑，説：「誤報地震責任大嗎？我們會受到處分嗎？」

　　羅斯丁説：「大家放心吧，我是研究所所長，誤報的事由我負責，不會影響到大家的。」

　　「不行！這事不能由羅總一人背！」寧陽大聲説，「預測工作我們所有人都有參加，如果有錯的話，我們大家都有責任。向政府提交有關發出地震預警的建議，大家都表明了態度表示支持。現在誤報了，所有人都有責任，怎能由羅總一人背呢！如果市政府要追究責任的話，算我一個！」

　　「寧陽説得對，也算我一個！」

　　「我也是！」

　　「我也是！」

　　辦公室裏情激昂。羅斯丁看着一班好同事，心裏很感動。他心想，地震預測工作還得做下去，這些都是專家學者，他們可不能出事，就讓我一個人入地獄吧！

　　他説：「謝謝大家的支持。大家都盡力了，相信市

政府會明白的。大家回去工作吧！我現在就向市政府說明情況。」

羅斯丁轉身朝自己辦公室走去。

「斯丁哥哥。」

羅斯丁剛在辦公椅上坐下，小嵐和曉晴曉星就進來了。

當聽到達里市地震的消息時，小嵐就明白了一件事，既然有了羅斯丁等認真負責的地震工作者，為什麼海亞加市還會發生大地震，造成重大傷亡。

答案原來是海亞加市大地震之前，有鄰近城市發生地震了。因此，人們都認為所有的地震前兆都是因為達里市地震，所以在絲毫沒有提防的情況下，遭受了那場滅頂之災，三十多萬人枉死，傷殘者不計其數。

小嵐心裏有一聲音在吶喊：明天的地震預警不能撤消，不能撤消！

小嵐和曉晴曉星三人默默地坐到了羅斯丁對面。

小嵐說：「斯丁哥哥，市政府會取消明天的地震預警嗎？」

羅斯丁點了點頭：「一定會。」

小嵐説：「難道達里市地震了，海亞加市就不會有地震了嗎？」

羅斯丁説：「理論上是這樣。之前所有的地震前兆，有可能是因為達里地震的緣故。而且，因為達里市的地震，會釋放導致地震的地下能量，這樣也有可能抒緩了海亞加市的危機。」

小嵐看着羅斯丁的眼睛，説：「斯丁哥哥，你説的兩個理由都帶上了『可能』兩個字，我想你也不肯定這種説法。對嗎？」

羅斯丁好像要躲避小嵐的目光，他微微轉側了臉，把眼光看向窗外：「對。」

小嵐説：「斯丁哥哥，你不敢肯定，就是説也有可能海亞加市仍會發生地震，是吧？」

羅斯丁把臉轉回來，一臉無奈：「不排除這可能性。」

小嵐説：「那你為什麼麼不堅持發地震預警呢？萬一，那極少的可能變成事實，那這城市的六十多萬人就面臨可怕的災難了！」

「我知道，我知道！」羅斯丁露出痛苦的表情，可

以看出他內心的掙扎，「但現在還有人信我嗎？何況，現在各個觀測點表示地震前兆的各項指標，已經逐步恢復。我拿什麼去說服市長他們？」

小嵐說：「我們再去觀察點看看，好不好？」

曉晴在一旁也說服羅斯丁：「是呀是呀，斯丁哥哥，再去看看吧！不能光信那些數據指標，到現場看看是最實際的。」

「不行！我得馬上向市政府匯報。遲了，我要承擔更大的責任。」羅斯丁說。

小嵐說：「不會的不會的，斯丁哥哥，事實會證明你是正確的，真的，相信我們！留一個機會給你自己，留一個機會給海亞加市六十多萬人。」

曉晴說：「斯丁哥哥，你就聽小嵐的吧！」

曉星在旁邊急得跳腳：「快走吧，要不來不及了，明天就要地震了。」

羅斯丁聽着他們的話，心裏的疑惑又冒頭了。

從認識起，這幾個孩子就一直在堅信海亞加市會發生地震，現在曉星還明確說是明天。他們哪來的自信？

小嵐幾個人見羅斯丁這樣子，以為他還在猶豫，乾

脆七手八腳地把他從椅子上拉起來，又推推搡搡地把他拉到電梯口，下樓去了。

羅斯丁也只好順水推舟地跟着他們去了。他只能去最近的觀察點再看看，因為市政府知道達里地震的消息後，一定會找他要一個説法。

羅斯丁仔細想想幾個孩子説得也對，近來發現那麼多地震前兆，萬一不全是因為達里市呢？而且，達里剛發生地震，這裏監測地震的各項指標數據就馬上恢復正常，這也有點奇怪。

羅斯丁開車，四個人二十分鐘便出了郊區，路一邊是無邊的農田，一邊是村莊。見到路邊有擺賣礦泉水的，羅斯丁停了車，去買了幾瓶。天氣悶熱，再加上心裏煩悶，他嗓子乾得快要冒煙了。

他把三瓶水從車窗遞進去給小嵐他們，自己就站在路邊，打開蓋子咕咕咕喝了個痛快。把瓶子裏的水喝光，往垃圾箱一扔，正想拉開駕駛門上車，忽然見到田裏有個農民在大聲喊：「打死你，打死你！」一邊喊一邊用手裏的棍子往地面戳。

羅斯丁心裏一動，便朝農民走了過去。小嵐幾個見

到羅斯丁走向農田，便也打開車門，跟在他後面。

「大叔，你在打什麼？」羅斯丁朝那農民喊道。

那農民抬頭朝他們看了一眼，說：「打老鼠。這兩天也不知怎麼了，每天都有成結隊的老鼠在地裏慌慌張張地亂跑，見到人也不害怕，不知怎麼回事。往常沒見過這麼多老鼠，偶然見到幾隻，也不敢大白天在人面前走過。」

羅斯丁一驚，忙問：「大叔，有關動物的異常，還有別的事發生嗎？」

「剛才我出來時，見到上空呼啦啦地飛着很多蝙蝠，把半邊天都遮住了。平常也沒這麼多的。還有，我有個兄弟是捕魚的，他剛才來找我，告訴我他一大早去捕魚，魚多得一條條往上躥，一網上來就是三四十斤。」

羅斯丁臉色大變，他對小嵐說：「我們馬上回去。」

車子快速地往回開時，曉星問：「斯丁哥哥，剛才那大叔說的情形，是地震前的動物異常嗎？」

羅斯丁嗯了一聲，臉色凝重：「也許你們的堅持是

對的，我馬上跟市政府匯報。」

　　小嵐三人互相瞅瞅，希望羅斯丁能說服市領導們。

　　回到地震局，剛走進研究所，就見到寧陽，寧陽說：「任局長找了你幾次，讓你馬上到市政府一號會議室開會。」

　　羅斯丁應了一聲，又對寧陽說：「寧工，你馬上給我準備各種資料，包括地磁、地電等的恢復情況……」

第十四章
冒火的市長們

七月十六日下午一時。

羅斯丁匆匆趕到市政府。電梯到了三樓，門一開，見到烏市長的秘書劉陵站在走廊，顯然是在等他。見到羅斯丁，劉陵急忙迎了上去：「羅總，你終於來了。烏市長接到達里地震的消息後，馬上召開緊急會議。會議都開了大半小時了，你怎麼才來？」

羅斯丁說：「對不起，我去郊區觀察點了。」

劉陵急急地引着羅斯丁往會議室走去，一邊走一邊說：「羅總，等會有些領導可能態度不怎麼好，你要有心理準備。」

羅斯丁看了劉陵一眼，感激地笑了笑，說：「謝謝劉秘書的提醒。」

其實羅斯丁心裏早有了準備，一頓批評、責備甚至辱罵，肯定跑不了。不過，最令他不安的是，如何說服

這些市領導人，維持明天發地震預警的事。

走到會議室門口時，劉陵上前一步，拉開了門，對裏面的人說：「各位領導，羅總來了。」

他又閃到一邊，向羅斯丁作了個「請」的動作。

羅斯丁作了一下深呼吸，走進了會議室。

會議室裏的人，目光「唰」地一下子全盯到了羅斯丁的身上，那些目光，真可以用「冒火」來形容，令羅斯丁有被燒得體無完膚的感覺。

沒有人讓他坐，他也只好尷尬地站着。烏市長看見羅斯丁頂着一個大黑眼圈、一臉疲累的樣子，眼光稍為柔和了一點：「斯丁，坐吧！」

「是，市長！」羅斯丁找了個座位坐了下來。

烏市長看着羅斯丁：「斯丁，你知不知道，自從今早啟動了防震抗震程序後，多少部門、工礦企業停工停產，還有已經動用了大量資金去採購各種防震抗震物資，你知不知道由此已造成多麼大的損失？」

羅斯丁還沒開口，圭副市長又氣勢洶洶地開火了：「羅斯丁，你們早上不是還言之鑿鑿海亞加市會生五至七級大地震，要發地震預警嗎？看，現在震的是達里

市！可笑，可笑，太可笑了！真不知道你們這幫地震工程師幹什麼的，一羣廢物！」

羅斯丁皺皺眉，強按着內心憤怒，說：「圭副市長，你不可以這樣污辱我們地震科學工作者！凡對地震預測工作有點認知的人都會明白，以目前的技術，地震預測難以做到完全準確，出現偏差是常有的事。」

「羅斯丁，你太囂張了！工作出了問題造成重大損失，還不思改過，在這裏頂撞圭市長。」任仁宰跳了起來，他向着烏市長說，「市長，我要揭發羅斯丁不聽我勸阻，也不經局裏批准，擅自把要求作出地震預警的報告送到市政府，以致造成今日的惡果！」

烏市長皺了皺眉頭。這時，另一位姓米的副市長插話說：「任局長，話不能這麼說，羅斯丁作為地震研究所所長，他是有權利把建議直接送到市政府的。」

「我……我……」任仁宰被米副市長的話嗆住了。

「好啦好啦，誤報的確造成了很大損失，給市政府帶來了許多負面影響。但的確，地震預報很難，所以我們要客觀地看待這次誤報。」烏市長說完，把臉轉向羅斯丁，「你是研究所所長，預告出了問題，你要負主要

責任。你回去寫個檢討，深刻反省一下這次誤報的原因。」

圭副市長說：「烏市長，不打算處分羅斯丁了？不打算處理研究所了？他們可是造成了很大損失啊！」

烏市長說：「他們也很辛苦，也作出了很大努力。就讓他們通過這次失誤接受教訓吧！斯丁，你回去吧！」

沒想到，羅斯丁說：「市長，我有話說，我覺得這次很有可能不是誤報。」

「什麼？！」會議室裏的人全都瞪大眼睛看着羅斯丁，一臉的不可思議。

任仁宰又再跳起來：「你這個人真是死不悔改啊！烏市長仁慈，要放過你，你卻不知好歹，不知悔改！」

圭副市長說：「烏市長，你看看，你還要我們原諒他呢！他根本不領你的情。」

羅斯丁好像沒聽見他們話，只是看着烏市長：「市長，真的，我認為地震的可能性還存在，我們之前搜集的各種異象，很有可能不是達里地震的前兆，而真真正正是我們海亞加市地震的前兆，海亞加市地震的危機仍然存在，明天的地震預警不能撤消！」

「胡説！」任仁宰一拍桌子，「你不要為了掩飾自己的錯誤就胡作非為、危言聳聽。剛才我已經向研究所了解過，幾乎所有指標都恢復正常或者接近正常了，這已經充分證明，之前的地震前兆全是衝着達里地震。」

　　「你説幾乎所有指標都恢復正常或者接近正常了，那就是説不是全部正常，對不對？我剛剛了解過，地磁、地電等部分異常現象還沒有恢復。」羅斯丁又看着烏市長，説：「我有我的理由。第一，之前通過各項數據和前兆，都直指將有五至七級大地震，但為什麼只出現了達里的四點二級地震？這事情本身就有問題。另外，我剛才去了一趟郊外，有個農民反映，今天海上魚兒出現異常，且不停地在水上跳。還有地裏很多本來白天都匿藏起來的老鼠，今天卻成結隊亂跑，好像要逃命似的。動物對地震反應敏感，很可能牠們覺察了地震的危險。」

　　圭副市長説：「你們預測有五至七級大地震，但結果只出現了達里市的四點二級地震，那很可能是你們之前的預測本身就存在錯誤。你説聽到農民反映動物情況異常，但你不能否認也有一部分動物恢復了正常。我

看，你分明就是用這樣的藉口，來掩蓋自己誤報的錯誤行為。烏市長，我提議，馬上讓羅斯丁停職檢查，根據他的認錯態度，再決定給他什麼處分。」

羅斯丁說：「各位市長，請你們聽我說。我羅斯丁的個人前途事小，海亞加市六十多萬人的性命事大，請你們再考慮一下，接納我的意見。防震抗震不能停，地震預警不能撤消。」

烏市長對任仁宰說：「你是地震局副局長，也是地震方面的專家，你認為還要不要發地震預警？」

任仁宰說：「我覺得不需要。不能一錯再錯，讓國家財產再遭受損失！」

烏市長點點頭，說：「是呀，海亞加市本身財政儲備薄弱，再不能經受任何折騰了。下面，我們繼續討論，因為誤報造成的問題該如何處理……」

羅斯丁：「烏市長，我……」

烏市長打斷了他的話：「羅斯丁，你先回去吧！你明天起不用上班了，回家寫檢查去。」

羅斯丁張了張嘴，想說什麼，但又吞回去了。他神色黯然，起身走出會議室。

第十五章
我是田五六

十六日下午二時半。

小嵐和曉晴曉星吃完午飯，又給羅斯丁帶了一個盒飯。回到地震局，羅斯丁還沒回來，於是三人又提着盒飯急急地到市政府去了。市政府離地震局不是很遠，坐兩個站巴士便到。

市政府的守衛挺嚴的，沒有員工證不能進，來辦事的人也要出示身分證再登記才能進去。小嵐他們沒有證件，被拒之門外，只好站在外面小廣場找了一張石凳坐着等。

等候的時間很令人煎熬，曉星大大地歎了一口氣，說：「本來事情那麼順利，明天十一點市民全部撤到露天地方，那地震到來就不會有人命傷亡了。沒想到，出了個達里市地震，真是令人鬱悶！」

曉晴愁眉苦臉：「希望那班官員聽斯丁哥哥的勸

吧！離地震發生的時間已經不到一天了，急死人了！」

只有小嵐還是信心滿滿的：「別灰心，希望還是有的。」

正說着，見到市政府大門走出一個人，正是羅斯丁。

「斯丁哥哥！」三個人高興地迎了上去。

羅斯丁勉強地朝他們笑了笑，說：「噢，怎麼到這裏來了？」

曉星舉着盒飯說：「我們給你送飯來了。」

曉晴說：「我們還想早點知道市長們的決定。」

羅斯丁看着沒作聲的小嵐，搖搖頭：「我已經盡力了。市長們已決定取消明天的地震預警。」

小嵐皺皺眉說：「還可以再爭取嗎？」

羅斯丁有氣無力地說：「沒用了，我已經被停職了，讓我回家寫檢查，準備接受處分。」

「啊！」小嵐幾個人一齊大喊起來。

曉星忿忿不平地說：「太過分了！斯丁哥哥為地震預報盡心盡力，怎麼還要處分！」

曉晴扁着嘴，想哭的樣子：「小嵐，怎麼辦呢？怎

麼辦呢？」

小嵐一時也沒了主意，她拿過曉星手裏的飯盒，對羅斯丁說：「斯丁哥哥，你早飯午飯都還沒吃呢，先吃了飯再說。」

羅斯丁接過飯，說：「謝謝，我不餓。我們先去停車場拿車吧，我先把你們送回招待所。」

小嵐幾個人也只好悶悶不樂地跟在羅斯丁後面，找到車子後又默默地上了車，羅斯丁坐進駕駛座，小嵐坐到副駕駛座，曉晴和曉星坐在後面。

羅斯丁繫好安全帶，正想起步，忽然覺得一陣眩暈，他一下趴在方向盤上。

「斯丁哥哥！斯丁哥哥！」小嵐發現他不對頭，馬上喊了起來。

曉星和曉晴在後面見了，也大吃一驚，慌忙下車，打開了駕駛室的門，也大聲喊着羅斯丁的名字。

羅斯丁慢慢抬起頭，用手撐着前額說：「對不起，頭有點暈，可能是昨晚一晚上沒睡的緣故。」

小嵐見他臉色蒼白，連嘴唇也沒有一點血色，忙說：「斯丁哥哥，我們送你去醫院吧！」

羅斯丁搖搖頭：「不用，休息一下就成了。我先送你們回招待所，然後我回家休息。」

小嵐說：「你精神這樣差，不能開車。你坐後面，我來開吧！」

羅斯丁也知道自己這樣子開車很危險，便說：「好。」

小嵐和曉晴兩人把羅斯丁扶到後座坐好，讓曉星好好照顧着，然後回到駕駛室。小嵐坐上駕駛位，熟練地將鑰匙插入點火鎖內，打開點火開關，又觀察各儀錶工作是否正常，然後起動發動機，踩下離合器踏板，車子平穩地朝前開去。

羅斯丁坐在後座，眼睛半閉着，有點昏昏沉沉的樣子。小嵐本來想把他送回家，但想想自己對路況不熟，所以決定把他送回招待所，休息一會兒再說。

回到招待所，大家七手八腳地把羅斯丁扶到曉星的牀上，讓他躺下，小嵐發覺他身上有點熱，摸摸他額頭，嚇了一跳，燙手呢！

糟了，斯丁哥哥發燒了！

小嵐趕緊坐電梯下樓找人幫忙，走出電梯後見到對

面有間辦公室，便走了進去。一個紮馬尾巴的年輕女工作人員正埋頭寫着什麼，聽到有人進來，抬起頭問道：「什麼事？」

小嵐急切地說：「姐姐，哪裏有醫院，羅斯丁哥哥病了。」

那馬尾巴姐姐認識羅斯丁，說：「啊，羅總病了？我們招待所有醫務所，你先回去照顧羅總，我幫你找醫生去。」

小嵐說：「謝謝姐姐！」

醫生很快來了，他替羅斯丁量了體溫、又聽了一會兒心音，說：「有點發燒。主要問題是休息不好，又憂慮過度，身體嚴重透支，所以病倒了。年青人身體容易恢復，吃了藥，休息一兩天，就會沒事了。」

小嵐幾個人聽了，才稍為放了點心。

醫生走後，小嵐搖醒羅斯丁，讓他吃藥。羅斯丁吃完藥，又迷迷糊糊地睡了。

羅斯丁哥哥病了，地震預警的事又沒解決，曉晴曉星都有點六神無主。而天下事難不倒的小嵐，也一時想不出辦法來，此刻正站在窗前呆呆地看着樓下街景。

曉晴說：「真是天有不測之風雲，唯一能說得動市政府的斯丁哥哥被停了職，現在還病了。還有誰能去說服市長呢？」

曉星眼睛一亮，說：「不如我們直接去找市長！憑我們三寸不爛之舌……」

曉晴說：「異想天開！在市長眼裏，我們只是個學生、小屁孩，他能接受我們意見嗎？」

這時，不知誰的手機響了起來。「鈴——鈴——」

小嵐習慣地摸了摸口袋，但又馬上想起他們在這個時空還沒出生呢，哪有人找他們？！

「是斯丁哥哥的手機在響！」曉星走到羅斯丁身邊，在他褲袋裏摸出一個手機。

小嵐說：「我來聽。」

電話裏傳來一把男聲：「喂，羅總嗎？我是國家地震局的田五六科長，局裏派我去你們那裏檢查工作。我坐的火車一小時後就到達海亞加市火車總站，你來接我。」

小嵐還沒來得及說什麼，對方就收線了。

小嵐愣了愣，一個念頭電光火石間在腦海出現。

141

「有辦法了！」小嵐喊了起來。

「什麼辦法？」曉星和曉星異口同聲問。

「剛才打電話來的是國家地震局的田五六科長，他來地震局檢查地震預防工作，他要斯丁哥哥到火車站接他。我們現在就以地震研究所的員工身分去接他……」

「然後呢？」曉晴和曉星看着小嵐。

小嵐說：「然後，我們就跟他反映海亞加市最近發生的種種地震前兆，讓他們去說服市長。」

曉晴興奮地說：「咦，這辦法可以試試呢！如果由這位田五六去說服市長，就有用多了。他是國家地震局的人，市長一定會考慮他的意見。」

「好，我們馬上就去火車站！」曉星迫不及待地說。

小嵐一行三人下了樓，又去辦公室跟那位馬尾巴姐姐說了一下，請她幫忙照顧羅斯丁。然後開了羅斯丁的車，去火車站接人了。

幸虧那位馬尾巴姐姐跟他們說了到火車站怎走，又送了他們一張地圖，所以也沒有走太多冤枉路，四十多分鐘後便到了火車站。

旅客不斷地從裏面出來，或單獨，或三三兩兩，或成結隊，小嵐他們也不知田五六高矮胖瘦，只能叫曉星舉着預先準備好的寫着「田五六」的牌子，來個「守株待兔」。不一會兒，「兔子」果然來了。

　　一個四十多歲的大叔，拖着個小小的旅行箱，一路東張西望的。見到曉星手裏的牌子，眼睛一亮，就朝着他們走過來。

　　曉星説：「叔叔，你是⋯⋯」

　　大叔説：「我就是田五六。」

　　他從手包裏拿出一張介紹信遞給小嵐，介紹信上面寫着「介紹田五六主任到 貴局作調查」等字樣。

　　小嵐看了一眼，遞回給田五六，又伸出手，笑着説：「田主任，歡迎歡迎！」

　　田五六長得又高又壯，整個身體不論往高處還是橫處都使勁地長，往你面前一站，真有「泰山壓頂」的感覺；田五六還是一個長得很有喜感的人，胖胖的臉上長了兩顆綠豆般的小眼睛，嘴角自然地往上翹，好像總在笑的樣子。

　　「呵呵呵⋯⋯謝謝，謝謝！」田五六笑得像個彌陀

佛似的，他跟小嵐握了握手，問，「羅總呢？」

小嵐說：「研究所有很要緊的會議，羅總走不開，派我們接你來了。」

「哦，是這樣！」田五六仍然笑眯眯的。

「田主任，我幫你拿！」曉星從田五六手裏接過手拉旅行箱，替他放到車尾箱。

「謝謝小朋友。」田五六有點奇怪地問，「你們是地震局的員工嗎？怎麼都這麼小？」

小嵐說：「我們是學生，到地震局做暑期工的。一方面賺點錢，一方面學知識。」

田五六不住地點頭：「好，好，好，早點參加社會實踐，很好，很好。」

一行人上了車，曉星陪着田五六坐在後座，小嵐開車，曉晴坐在副駕駛位。

曉星問：「田主任，您來地震局檢查工作嗎？」

田主任說：「是的。聽說海亞加市出現很多地震前兆，所以來視察一下，搜集一些資料。」

小嵐一邊開車，一邊說：「田主任，這裏真的出現了很多異常現象，看來會發生地震呢！」

小嵐把這幾天所聞所見的地震前兆，告訴了田主任，連市政府準備明天發地震預警，但因為附近城市地震而取消了的事，也說了。

　　田主任聽得很仔細，還拿出筆記本作記錄。小嵐介紹完，又說：「羅總認為，海亞加地震的危險仍然存在，他建議明天的地震預警仍然發出，但市政府否決了。」

　　「哦……」田主任用筆輕敲着筆記本，好像在思考什麼。

　　曉星問：「田主任……哎，我叫你田叔叔行嗎？這樣親切點。」

　　田主任說：「好啊好啊，親切點好，親切點好！」

　　曉星繼續說：「田叔叔，你對海亞加的事怎麼看？」

　　田主任說：「其實，我還是挺認同羅總的看法的……」

　　「啊，太好了！」小嵐三人一聽，異口同聲地喊了起來，把田五六嚇了一跳。

　　曉星忘情地拉起田五六一隻胳膊，晃呀晃呀的：

「田叔叔，你真好，我愛死你了！終於找到能救海亞加市的人了。小嵐姐姐，你趕快開車去市政府，請田叔叔去見烏市長，說服烏市長明天發地震預警。」

「啊，慢着慢着！」田五六又是搖頭又是擺手，「孩子們先別急，你們之前所發現的情況，我只能用作參考。如果要作任何決定，要向地方政府提出建議，我還得有自己的第一手資料。也就是說，我要親自去勘查一下，才能作出決定呢！」

三個孩子都暗暗歎了口氣，也知道自己太性急了。

其實他們都明白田五六說得對，支持發地震預警這麼大的一件事，作為一個專業人士，是絕不可能只憑聽來的東西下結論的。再加上，田五六不像他們已知地震會發生而且知道時間就在明天，所以在他心目中，用幾天時間去調查研究，也的確不晚。

「或者，你們現在就陪我去觀察點好不好？」田五六顯然也感覺到這幾個孩子的迫切心情，便善解人意地說。

小嵐一聽便馬上說：「好啊，現在就送你去。你想去哪裏呢？」

田五六説：「就去動物園吧，我也很想研究一下動物對地震的異常反應。」

　　「好！」動物園小嵐之前去過，所以認得路，很快就到達了目的地。

第十六章
好奇寶寶

十六日下午三時半左右。

一行四人進了動物園，又聽到了那饒舌的傢伙——鸚鵡的説話聲：

「你好！」

「看什麼看！」

「我們是鸚鵡，多嘴的鸚鵡……」

小嵐早就提防曉星又賴在這裏，把他盯得緊緊的，不讓他有任何機會滯留。可是走過了鸚鵡園之後，還是發覺少了一個人，田五六！

回頭一看，田五六用手趴着圍欄，興致勃勃地看着鸚鵡，還幹着跟曉星同樣的事情——吹口哨。

曉星之前不作停留離開鸚鵡，可是被迫的。現在見到田五六做了他想做又不敢做的事，便也原形畢露了。他跑到田五六身邊，興高采烈地説：「田叔叔，這些鸚

鸚很棒吧！」

田五六說：「是是是！你看，那隻有紅、黃和綠色的，最好看了。」

曉星說：「我覺得紅嘴巴的那隻最好看⋯⋯」

小嵐看着兩個好奇寶寶，急得直頓腳，天哪，都火燒眉毛了，這對活寶還在這討論鸚鵡！

幸好田五六很快「懸崖勒馬」，幾分鐘之後就走了出來，興奮地說：「精彩，精彩，快帶我去下一個地方。」

小嵐趕緊直奔主題，把他帶到了虎山。虎山裏的四隻老虎，跟之前他們來時一樣，仍是一副煩燥不安的樣子，在裏面跳上跳下的，還不時發出一陣咆哮。

田五六拿出照相機，拍了很多照片，一邊拍一邊嘀咕着：「好真實的資料，哈哈，真是不枉此行！」

停了二十多分鐘，他還沒有走的意思，小嵐只好哄他說：「田叔叔，前面還有很多反應異常的動物呢，時間得抓緊點。」

田五六滿不在乎地說：「不急，不急，我打算用三天時間，好好研究一下動物的異常反應！」

「三天？！」小嵐三人大吃一驚。

還能等到三天嗎？明天這個時候，這裏就變成一片頹垣敗瓦了。

田五六自然又被這三人的異口同聲嚇了一大跳：「是三天，怎麼啦？」

「三天？」三個人苦着臉互相瞅瞅。

小嵐說：「田叔叔，你能快點視察完畢，早點得出結論，今天就去市政府見烏市長嗎？」

田五六腦袋搖得像撥浪鼓：「不行不行，絕對不行！科學是一種嚴肅的事情。哪能走馬看花地走過場呢！三天，不少於三天，我才敢下結論。」

田五六說完，又趴在圍欄上，仔細觀察着那幾隻老虎。

小嵐三人無可奈何地看着那個好奇寶寶，面面相覷。小嵐看看手錶，下午三點五十分，離地震發生只剩下不到二十小時了。

小嵐把曉晴曉星拉到一邊，說：「看來我們不能指望他了，我直接去找烏市長。」

曉晴說：「現在不是二十一世紀，那時你是公主身

分。現在我們人微言輕，烏市長會信你嗎？我想他可能連見也不會見你。」

「不，他會見的。」小嵐肯定地説。

曉晴和曉星狐疑地看着她，不知道她為什麼這樣篤定。

小嵐狡黠地笑了笑，説：「田主任的手提袋裏不是有一封介紹信嗎？這袋子正放在車子裏，我們把介紹信拿了，我扮作田五六去找市長。」

「啊！」曉晴姊弟瞠目結舌地看着小嵐，努力把她和那個大個子圓臉盤的田五六聯想起來，但是怎麼也想不到一塊。

「你怎可以扮成田五六啊！你們一點也不像！」曉星説。

小嵐氣急敗壞地説：「誰要扮成他那樣了！我只是用他的身分。反正介紹信上也沒説是男的女的，高的瘦的。」

「哦！」曉晴曉星都眼睛一亮。

小嵐繼續説：「田主任是個技術人員，又剛從外地來，烏市長很有可能以前沒見過他。我就冒充他的身

分，帶着他那份介紹信，以一個專業人士的角度去說服他。」

曉星說：「啊，小嵐姐姐真棒，這辦法太好了！」

曉晴想了想說：「論專業你不及斯丁哥哥，烏市長連他都不相信，會相信你嗎？」

小嵐眨眨眼睛：「不信也沒關係，天下事難不倒馬小嵐，我自有妙計！」

曉晴和曉星都很興奮。小嵐又說：「那宜早不宜遲，我們馬上分頭行動。曉星，你繼續陪着田主任，動物園關門了，你就帶他回招待所。曉晴扮我的秘書，跟我一塊去見烏市長。為爭取時間，車子我們開走，曉星等會兒叫一部出租車送田主任回去。」

「是！」曉星說，「保證完成任務！」

商量妥當，小嵐就告訴田五六，說她和曉晴有事要先回地震局，讓曉星繼續陪他。田五六心思都在那四隻大老虎身上了，嗯了一聲，又去研究牠們去了。

兵分兩路，小嵐和曉晴去停車場取了車，就開回市區了。

車子經過一家寫着「衣服出租」的店舖，小嵐把車

子停了下來，説：「我們去租套成熟點的衣服吧。」

曉晴下了車，看看那家舖子的招牌，説：「小嵐，你真厲害，才來了幾天，就知道這裏有出租衣服的商店。」

小嵐不置可否地聳聳肩。其實她也是早兩天去動物園時，經過見到這間舖子，才知道這城市有這樣的出租服務。

兩人走進商店，各自租了一套西裝套裙，説好三個小時以後歸還。

穿上租來的衣服，小嵐看起來真像個職場麗人呢！

兩人繼續開着車子，很快到了市政府大樓。小嵐存了車子，跟曉晴向大門口走去。小嵐説：「等會見到烏市長，我跟他説話就行，你就在一旁聽着，別輕易出聲。」

「好。」曉晴又問，「小嵐，你準備怎麼説服烏市長？按道理斯丁哥哥已經跟他説很多了。」

小嵐笑笑説：「放心，我有辦法。」

到了市政府大門口，門衞出來攔着：「請問你們找誰？」

小嵐拿出介紹信：「我們是國家地震局的，來找烏市長。」

門衛打了個電話，聽他說話內容應是打給烏市長的秘書。放下電話，他說：「你們坐電梯上八樓，劉秘書在電梯口等你們。」

「好，謝謝！」

小嵐和曉晴按門衛所說上到八樓，電梯門一開，果然見到一個高瘦白淨的年輕人站在走廊，見到她倆，他愣了愣，猶豫着沒有說話，大概是因為她們的年齡，他覺得沒可能是門衛所說的「田主任」吧！

小嵐主動走過去，笑着說：「我是國家地震局的田五六，你是劉秘書嗎？」

劉秘書一聽趕緊說：「田主任，失敬失敬，我沒料到你這麼年輕。」

「呵呵，每個見到我的人都這麼說。謝謝！」小嵐抿嘴笑笑，又問，「烏市長在嗎？我有急事要找他。」

「本來在開會的，剛好會議小休回到辦公室，能安排一點時間見你們。你們先在會客室坐坐，市長正在打電話，等會我來請你們。」劉秘書說完，把她們帶到接

待室，又給倒上茶，然後走出去了。

　　小嵐和曉晴坐在接待室，閒得無聊便站起來欣賞掛在牆上的字畫，功力一般，沒什麼看頭。突然，小嵐的目光被一張貼在牆上的「接待市民日」的安排表格吸引去了，那上面寫着所有正副市長的名字，還有接待市民的日期時間。

　　小嵐的目光死死盯住表格上的第一個名字——烏鞀鞀市長。

　　曉晴扭頭看了看小嵐的臉，説：「小嵐，看見什麼了？」

　　小嵐一臉凝重：「我看見了一個名字，一個將死於明天地震中的人的名字！」

　　「啊？！」曉晴臉上時有了怪異的表情。

　　小嵐用手指點點「烏鞀鞀市長」幾個字：「我在地震悼念牆上，見過這個名字。在原來的歷史中，他在大地震中罹難了。」

　　曉晴無奈地説：「可惜這烏市長一點也沒覺察到自己的危機。我們又不能跟他説，喂，你會在明天的地震中死掉！」

這時已聽到外面有腳步聲，想是劉秘書來了。

小嵐小聲說：「加油！」

曉晴也捏了捏拳頭：「加油！」

第十七章
烏市長有請

劉秘書走到會客室門口，說：「兩位，烏市長有請！請跟我來。」

劉秘書帶着小嵐和曉晴，往位於走廊另一頭的市長辦公室走去。一邊走，劉秘書一邊說：「兩位等會兒見市長，還請言簡意賅，因為市長接下來還要開會。」

小嵐點點頭，說：「謝謝劉秘書提醒。」

到了市長辦公室門口，劉秘書輕輕敲了兩下，裏面有人中氣十足地應了一聲：「進來！」

劉秘書開門，請小嵐和曉晴進去，然後又輕輕關上了門。

一個個子高高、身材瘦削的中年人從一張大班枱後面站了起來，他就是本來死於大地震的那個烏軺軺市長。小嵐看着他，心裏不禁有一種詭異的感覺，希望這人不要拒絕自己提出的建議，否則，這烏市長就等於自

己把自己推上絕路了。

　　儘管劉秘書已經告訴烏市長兩位來客年輕得離譜，但他見到小嵐和曉晴後還是愣了一下。但他很快回復常態，擺出居高臨下又和藹可親的領導人姿態，朝小嵐伸出手，說：「歡迎啊，歡迎田小姐來我市做調研工作。」

　　小嵐微笑着伸手跟烏市長握了握，說：「非常抱歉。打擾烏市長了，不好意思。」

烏市長説：「哦，沒關係，我的會議正好休息半小時。請坐請坐！」

原來，羅斯丁離開後，市長他們繼續開會，商量一些善後工作。雖然已馬上截停了一些物資的訂購，但之前已經陸續運到或訂購了正在運來途中的防震抗震物資如何處理，還有如何向上一級領導解釋誤報地震等問題，都是很大的麻煩。搞不好，已緊拙的政府財政更是捉襟見肘……開了幾小時的會，許多問題仍懸而未決，只好暫休會半小時，各人回辦公室休息一下，喝杯熱茶，吃塊點心，看能否想出妙計來。

烏市長正在心煩氣躁的時候，聽到劉秘書説來了國家地震局的人，第一個反應便是不見。對方只是來搞研究的小主任，自己烏大市長因太忙不見，也無可厚非。但想到正值風頭火勢，還是別得罪了國家地震局的人，於是讓劉秘書把人請來。

等賓主坐下，烏市長便問：「兩位小姐來訪，請問有什麼貴幹？」

小嵐微微一笑，説：「事情是這樣的。我們收到消息，海亞加市發現地震前兆，準備明天發出地震預警，

所以特地來作些了解和觀察。」

烏市長擺擺手説：「哦，沒事了。我們發現，那些地震前兆其實是因為達里地震的緣故。達里發生地震後，這裏的各種數據和指標都恢復正常了。我們的專家説，那是因為達里地震，把導致地震的地下能量釋放了，海亞加不會有地震了。所以，我們已決定取消明天的地震預警。」

「不行！」小嵐着急地説，「不可以取消！」

烏市長驚訝地看着小嵐：「為什麼？」

小嵐一臉凝重，説：「因為地震的危險還存在。」

烏市長看着小嵐，笑笑説：「你才到海亞加，沒經過調查研究，為什麼這樣肯定？」

小嵐嚴肅地説：「我已經跟羅斯丁總工程師交換了意見，我認同他的專業分析。」

「哈哈哈哈！」烏市長大笑起來，「小傢伙，感謝你對海亞加市的關心，但是，這個話題我們今天已經討論了一天了，已經作出決定，不會再更改了。誤報已經給我們造成了巨大的經濟損失，我們不能再讓損失繼續下去了。」

小嵐説：「市長先生，難道你不為自己的前途考慮一下嗎？」

烏市長愣了愣：「考慮什麼？」

小嵐説：「您有沒有看過前不久報紙上一條消息。意大利一家法院裁定六名科學研究人員和一名政府官員罪名成立，因為他們沒有就一場強烈地震向公眾充分預警，導致三百多人死亡，六萬人無家可歸，被判犯『過失殺人罪』。除分別入獄六年外，七名被告人還要向倖存者和居民賠償一千一百七十萬美元。」

「啊，真的？！」烏市長大驚失色。

小嵐一臉嚴肅地點了點頭。

其實這件事發生在二零零九年，就是説現在這個年份還沒發生，只是小嵐想不到更好的事例，便把這件發生在「未來」的事拿來嚇唬一下烏市長。

這下子烏市長心裏可是翻江倒海了。自己是海亞加市長，叫停地震預警的事是自己最後拍板的，出了問題，自己豈不跟那名意大利政府官員一樣下場？意大利那場地震死了三百人，判六年，萬一海亞加發生地震又萬一出現更大傷亡，那自己豈不更加大罪，説不定要判

死刑呢！

烏市長腦海裏馬上出現了一連串畫面：自己被開除公職、被押送刑場、老婆孩子哭得天昏地暗、烏家從此沒落老婆孩子成了乞丐……

烏市長的雙腿突然顫抖起來。

「鈴──」枱面電話突然響了起來，把烏市長嚇得整個人從椅子上彈了起來，他定了定神，拿起話筒。

「到時間開會了？哦，我知道了，馬上就來。」

是劉秘書請他去會議室，繼續開會。

看到烏市長被她忽悠得失魂落魄，小嵐心裏未免有點不好意思。但她沒辦法，為了救三十萬人性命，就讓烏市長付出一點點代價吧！

小嵐想想又說：「市長先生，我知道你現在心裏很煩，已花錢購買的大量防震抗震物資不知如何處理，明天的地震預警取消難、不取消也難，更何況，如果真有地震發生更是要負上重大責任。其實，我有一個兩全其美的辦法……」

「啊，真的，你請講，請講！」烏市長正不知如何是好，聽到小嵐這樣說，便直瞪瞪地看着她。

「你們既然已做好明天發出地震預警，已準備了飲用水和食物、帳篷等大批物資，那何不把明天發地震預警改成搞一次地震演習。之前國家地震局曾發通知要這一帶城市做好抗震防震準備，搞地震演習是響應上級指示，也是為了真有地震發生時市民知道怎樣做，這是大好事，上級和百姓都會感激你。而且，買來的物資也可以派上用場了，之前的一切準備工作也可以繼續進行，你也不用傷腦筋如何處理物資，如何向上級解釋誤報……」

小嵐說這番話明裏是為了幫烏市長，但其實她只有一個目的──讓市民在地震前全部撤出建築物。

烏市長太興奮了，小女孩這招，實在高啊！他心裏想，為什麼自己手下那幫人就沒有這女孩的智慧呢！一班笨蛋！

市長大人沒察覺他把自己也罵了，因為他也沒想出好辦法，他也是笨蛋中的一員啊！

烏市長已決定接受小嵐的建議了，打算等會回去開會，就按小嵐說的安排。但身為市長，還是要裝裝樣子的，讓一個小女孩給自己出主意渡難關，傳出去有點丟

臉啊！於是，他努力按捺着心裏激動，擺出一副高深莫測的樣子，嘴裏哼啊哈啊的，就是不明確表示對小嵐的妙招贊成還是反對。

　　這時有人推門進來，原來是劉秘書又來催了。小嵐見到自己的話也説得差不多了，看烏市長的樣子，應該會接納她的建議，便起身告辭了。

第十八章
美人痣阿姨的男朋友

小嵐和曉晴還了借來的衣服，回到招待所時已是傍晚時分。她們擔心羅斯丁的病，急急忙忙回到房門，但打開門一看卻沒有人。曉星那張牀上空空如也，只有疊得整整齊齊的被鋪。

「糟了，斯丁哥哥不是病重給送進了醫院吧！」曉晴吃驚地說。

小嵐也急了，因為她們離開的時候，羅斯丁還發燒呢！她拉着曉晴，急急忙忙去找那位馬尾巴姐姐，問問怎麼回事。

辦公室沒有人，應該都下班了。小嵐正着急，見到馬尾巴姐姐手裏拿着換下來的制服，正走回來。原來她是去了換衣服，準備下班。

「姐姐，斯丁哥哥去哪了？」小嵐急忙問。

馬尾巴姐姐說：「噢，他剛走了。」

曉晴問：「他怎樣了？燒退了嗎？」

馬尾巴姐姐說：「燒退了。他要走時我還不放心，把他帶去醫務所讓醫生看了一下，醫生說燒退了，只是身體還有點虛弱，讓他回家好好休息。」

小嵐和曉晴這才放了心。

這時候，曉星帶着田五六回來了。曉星一見到她倆，便迫不及待地問：「見到市長了嗎？把他說服了嗎？」

小嵐怕田五六知道他們冒名去見市長，忙朝曉星打了個眼色，曉星明白她意思，只好按捺着焦急的心情，不再問了。

田五六看了一下午的動物，收集到了很多有用的東西，挺高興的，便請小嵐他們吃了一頓飯。晚飯後，他又興致勃勃地回房間整理他記錄下的資料了。

田五六一離開，曉星就問道：「怎麼樣，怎麼樣？」

曉晴吱吱喳喳地把拜訪烏市長的過程說了。曉星聽完，有點鬱悶地說：「那烏市長對小嵐姐姐的建議，究竟是接納還是不接納啊？」

曉晴説：「我覺得有九成把握。你看那市長大人一開始被你那番話嚇得直打哆嗦，但聽了你出的主意後，又馬上一副氣定神閒的樣子，就知道他覺得你的主意可行。」

「我也是這樣想。」小嵐又説，「不過，就怕市長大人的神經又搭上了另一條線，想歪了，那就……」

曉晴皺着眉頭説：「我們可以做的都做了……還能怎樣呢？」

三人都不吱聲了，坐在那裏想着，萬一烏市長堅持初衷，取消地震預警，又不搞地震演習，那怎麼辦。

小嵐説：「這鬼天氣好悶熱，我們出去走走！」

於是，三個人走出招待所，漫無目的地走着。

天氣比任何一天都要熱，街上乘涼的人更多了，看着那些三五成羣圍着小桌子喝茶磕瓜子聊天的人們，看着那一處處溫馨的場面，小嵐心裏有一種説不清的緊張。

還有十多個小時，一場毀滅性的地震就要發生了，如果她的努力沒有結果，那明天這時候，這些人之中起碼有一半會被埋在瓦礫之下，失去寶貴的生命。眼前這

一個個幸福的家庭，將家破人亡。

旁邊的曉晴姐弟也一臉嚴肅，相信他們也想着跟小嵐一樣的事。

一直沒吭聲的曉星突然説：「我受不了啦！明明知道有災難發生，卻不能説出來。不行，我得告訴他們，明天十一點零九分有七點九級大地震，請他們作好準備。」

他衝動地就要跑向那些乘涼的人。

小嵐一把拉住他，説：「你覺得他們會信你這小毛孩嗎？何況，你這邊一説，很快就會有警察來抓你了，接着就宣布有人造謠讓市民別輕信了。你不知道這裏《治安管理處罰法》的規定嗎？散布謠言、謊報險情、疫情、警情或者以其他方法故意擾亂公共秩序的，要負刑事責任。」

「啊！」曉星脖子一縮，不説話了。

曉晴説：「依我看，萬一明天不搞地震演習，我們就每人去一個地方，在地震發生之前，冒充地震局人員，説測試地震演習試點，先把人都帶到安全地方。反正，能救得多少就多少。反正沒等到有人干涉之前，地

震已經發生了。」

曉星説：「姐姐，你這回最聰明了。依我看，就去三所學校，學校裏人最多……」

這兩姊弟不知道，小嵐這時想得比他們更瘋狂，如果真的出現了最壞的情況，她就趕在地震發生前直闖海亞加市電視台，向市民發出地震預警，為了六十萬老百姓的安危，她準備豁出去了！

三個人走着走着，離開了居民區，拐入了一條僻靜的林蔭道上。

曉星突然停了下來，又一把將小嵐和曉晴拉住：「快看快看，前面站在那路燈下的兩個人，其中一個是不是斯丁哥哥？」

小嵐和曉晴仔細一看，啊，可不是嗎，一男一女兩個年輕人，男的正是羅斯丁。

曉星小聲説：「哈哈，斯丁哥哥拍拖呢！」

曉晴興奮地説：「不知斯丁哥哥的女朋友漂不漂亮！」

小嵐説：「我們悄悄走近看看。」

三個小八卦閃進路邊的灌木叢，彎着腰向羅斯丁靠

近。可惜那女孩正站在樹影裏，只看到一個苗條的身影，卻看不清她的臉。

只聽到羅斯丁說：「……珍，我們分手吧！」

啊，三個人訝異地交換了一下眼色。沒想到他們是在談分手！

那個叫做珍的女孩吃驚地問：「為什麼？」

羅斯丁顯然很難過，過了一會兒才開口：「市政府已經認定我是誤報地震，認為我要為這次造成的損失和影響負責任，市裏已經要我停職寫檢查等待處理，我想處分是免不了的。研究所所長的職位會被撤掉，總工程師的職稱也會撤消，我會一無所有。你爸爸一直反對你跟我好，這回更加有理由不許我們在一起了。我知道你是個孝順女兒，我不想你難做……」

「你住嘴！」珍氣呼呼地打斷了羅斯丁的話，「我不許你說分手！我喜歡你，是喜歡你的人，不是喜歡你的職位、你的職稱。即使你不是所長，不是總工程師，我一樣愛你。斯丁，沒有什麼可以把我們分開的。」

「珍！」羅斯丁一把摟住珍。

三個小八卦躲在灌木叢後面掩着嘴笑。有驚無險，

還以為斯丁哥哥要失戀呢！

珍抬起頭，一臉堅定地說：「斯丁，我們明天就去註冊結婚，明天下午兩點在市婚姻註冊處門口那棵白樺樹下，不見不散！」

羅斯丁點點頭說：「好，明天下午兩點，不見不散！」

三個小八卦聽到這裏，實在忍不住了，哇地一聲跑了出去，對着羅斯丁和珍說：「祝斯丁哥哥和珍姐姐白頭到老，永結同心！」

羅斯丁和珍嚇了一大跳，兩人同時轉過臉來，珍那張臉也暴露在了燈光之下——秀氣的瓜子臉，漂亮的丹鳳眼，額頭正中有一顆鮮紅的痣！

小嵐和曉星大吃一驚，這不是美人痣阿姨嗎？年輕版的美人痣阿姨！

在原來的時空裏，美人痣阿姨永遠也等不到的男朋友，竟然就是斯丁哥哥！

第十九章
驚天大地震

早上七點鐘，小嵐睡來了。看看屋裏另外兩張牀，曉晴和曉星還在睡。

小嵐呆呆地看着頭頂上不緊不慢地轉着圈圈的風扇，心想，不知烏市長會不會接納自己的意見呢？

正在發呆時，曉晴和曉星也醒了。

曉星伸了個懶腰，説：「小嵐姐姐早上好！姐姐早上好！」

小嵐和曉晴一齊懶洋洋地説：「曉星早上好！」

曉星説：「我現在好擔心哦，如果烏市長決定不搞演習，那怎麼辦？我擔心得晚上都沒睡好呢！」

曉晴瞪他一眼説：「才不是呢！你睡得像豬一樣，還打呼嚕！」

曉星嘟着嘴：「哪有！我哪有打呼嚕！小嵐姐姐，你説我有沒有打呼嚕？」

正說着，鈴──桌上的電話響了，小嵐拿起話筒接聽，原來是羅斯丁。她急忙按了一下免提，又說：「斯丁哥哥嗎？早上好！」

「小嵐，林局長開會回來了，他告訴我，剛接到市政府通知，今天上午準備搞一個地震演習……」

「啊，真的！」小嵐一聽，高興得一個鯉魚打滾，在牀上跳了起來。

烏市長終於作出了正確選擇，原來死於地震的三十萬人得救了！

曉晴和曉星一聽也都歡呼起來。

小嵐因為不知怎麼向羅斯丁解釋，所以沒跟他講去找了烏市長的事，也沒告訴他跟烏市長提了演習的建議。所以電話那頭的羅斯丁察覺到了這邊的興奮後，很是奇怪，不知道他們為什麼對搞演習那麼開心：「小嵐，你們怎麼啦？這麼高興。」

「好啊，演習好啊！」小嵐不想他生疑，便說，「搞一個演習，起碼將來真的發生地震，市民可以知道怎麼辦呀！」

羅斯丁說：「你說得對。但是，這解決不了根本問

題。如果市政府不發地震預警，不繼續採取防震措施，當地震到來時，絕大多數市民仍無法保住生命。除非地震恰恰在今天上午發生吧！」

曉星湊近電話機，大聲說：「沒錯啊，就是恰恰在今天上午地震！」

曉晴急忙給了弟弟一個糖炒栗子，小聲說：「你又亂說話了！」

曉星才想起說漏了嘴，吐了吐舌頭。

羅斯丁說：「曉星，你說什麼？」

曉星說：「哦，沒有，我是說或者就恰恰在今天上午地震呢！」

電話那頭沉默了一會兒，羅斯丁說：「市政府這決定也好，總比什麼都不做好。正如小嵐說，搞一次演習，也好讓市民知道地震來了應怎樣做。」

他又說：「局長說，地震局也分到了任務，幫助疏散附近一帶居民樓的市民，我等會也會回去幫忙。你們也來吧！」

曉星高興地問：「斯丁哥哥，你復職了嗎？」

羅斯丁說：「沒有。不過，搞演習需要人手，我是

回去幫忙的。」

「好的，斯丁哥哥，那等會兒見！」小嵐説。

小嵐掛上電話，三個人你看看我，我看看你，之後一齊「耶」地大喊起來。

終於可以完成任務了。只要讓市民在地震前全部離開建築物，那就可以把傷亡減至最低了。

小嵐大聲説：「洗臉，刷牙，吃早餐，然後回地震局幫忙去！」

「是，長官！」曉晴和曉星「啪」地立正，朝小嵐敬了個禮。

早上八時正，海亞加市電視台發布了一份市政府命令，內容大意是：為了普及防震抗震知識，海亞加市今天要進行地震演習，由現在起到十一點，是全體市民疏散的時間。市民務必在工作人員的指揮下，有秩序地離開建築物，疏散到指定的安全地方。

小嵐和曉晴曉星回到地震局，佩戴上有地震局工作人員字樣的名牌，去到各幢大樓，幫助市民疏散到指定的開闊地方。

正在上班的寫字樓文員撤離了，工廠工人關上機器

撤離了，商店員工關門撤離了、醫院的醫護人員扶着、推着病人撤離了……

大街上人山人海，全都是往指定場地去的市民，幸好安排得還算好，所以各處的撤離工作還算是有條不紊地進行着。

小嵐三人跟着羅斯丁，幫助一幢大廈的居民到附近一個露天體育場，大廈的業主協調小組組長——一個六十多歲的伯伯，帶着小嵐等人一戶戶的拍門，勸説那些對演習不重視不肯離開的市民下樓去。

有戶人家有個睡眼惺忪的迷糊大叔死活不肯走，説他剛開了一晚上的夜班，睏得眼睛都睜不開了，他説要回牀上睡去。小嵐見他不聽勸，就和曉星一人拉一條胳膊，把他扯着下樓了。那大叔還想回家去，小嵐只好叫上地震局兩個精壯的小伙子，把他抬走了。

撤離中最聽話的是幼稚園的小朋友，他們手拉手，邁着小短腿急急地跟着老師走，臉上都露出興奮的表情。他們一定是覺得，這地震演習，比老師帶着他們在幼稚園裏玩的遊戲有趣多了。

海亞加政府的指揮能力真是很不錯，市民在執行政

府指令方面也很配合，到了十點半左右，全市大多數居民已撤到露天地方，老人、孩子，都得到了很好的安置……

小嵐不時看看錶，心裏十分緊張，她擔心仍有人像那迷糊大叔一樣，認為只是一次演習，不想離開家裏。但是，她也無能為力了，全市那麼多人家，她也沒法每戶去拍一遍。

十點四十五分。小嵐看看身後寂靜無人的幾幢大廈，心想地震時間快到了，他們也要趕緊撤退了，便對羅斯丁說：「斯丁哥哥，我們趕快去安置點吧！」

「好的。」羅斯丁應了一聲，正想跟小嵐幾個人離開，拿在手裏的對講機響了起來。

「什麼？仁心醫院還有病人不肯走？好，我們馬上過去幫忙。」羅斯丁收了線，對小嵐說，「走，我們過去看看。」

小嵐聽到有人不肯撤離，心裏未免着急，忙問：「仁心醫院在哪裏？」

羅斯丁指指前面不到一百米處，說：「那幢六層的白色的大樓便是。」

「走！」小嵐領頭朝仁心醫院跑去了。曉星曉星知道時間緊迫，也跟着跑了起來。

羅斯丁不知道他們幹嗎這樣急，見他們奔跑，便也撒開長腿跑了過去。

到了仁心醫院，幾個護士分別推着坐在車子裏的病人從電梯出來，見到小嵐他們胸前配着工作人員名牌，一個小護士說：「你們快去吧，就在樓下這一層的急診病房，去幫忙勸勸那位婆婆，她死活不肯走，照顧她的女兒也不走，說是要留下陪她。」

羅斯丁問：「除了婆婆還有她的女兒，其他人都出來了嗎？」

小護士說：「還有我們的護士長，她在勸婆婆。」

「快，我們快去幫忙！」小嵐和曉晴曉星急忙一個個病房找着，所有病房都是空的，直到差不多最後一個病房，才看見裏面有三個人在。

病牀上躺着一個瘦瘦的六七十歲的婆婆，病牀旁邊坐着一個年輕女子，一個穿白色護士服的中年女子在苦口婆心地說着什麼。

小嵐跑了進去，說：「婆婆，快離開，要不就來不

及了!」

那婆婆看了小嵐一眼，説：「我腰好疼，不想動。」

那女兒也不耐煩地説：「不就演習唄，不用那麼緊張吧！我媽這麼大年紀了，就別折騰她了！」

婆婆聽到女兒這麼説，竟流起眼淚來：「你們欺負我，我死了算了。」

那護士長看見婆婆這樣，也不好勉強她了，便説：「好了好了，不走就不走。我也留下來照顧您好了！」

「不行！」小嵐大喊一聲，「不走不行！」

那女兒臉一黑，説：「真囉嗦！説了不走就不走，你想害死我媽嗎？」

小嵐急得頓腳，她看看手錶，十點五十八分，心想不好，再不走這裏面的人都會沒命。她二話不説，走到婆婆身邊，一把扶起她，把她背在背上。

那女兒一見嚇了一跳，馬上阻止：「你想幹什麼，快放下我媽！」

小嵐也沒管她，背着婆婆衝出了病房門口。

護士長和羅斯丁也被小嵐的行為嚇了一跳。

那婆婆雖然很瘦小，但以小嵐纖瘦的身材，背起她也是非常吃力的，但這時她不知哪來的力氣，蹬蹬蹬就跑了出去。曉晴和曉星在兩邊，幫忙扶着婆婆，也一起朝醫院大門口飛奔。

羅斯丁和護士長追了出去。婆婆的女兒也尖叫着跟在後面。

羅斯丁邊追邊喊：「小嵐，快停下來，讓我來背婆婆！」

護士長邊跑邊喊：「別跑，小心弄傷了婆婆！」

婆婆女兒邊跑邊喊：「別跑，放下我媽！」

小嵐好像沒聽見，她跑出醫院大門，跑向醫院附近的一個安置點。此時此刻她只有一個念頭，快跑，快跑，趕在地震前跑到安全的地方。

離安置點越來越近了，安置點的人也發現了他們。人們看到了一幕奇怪的景象──一個看上去弱不禁風的女孩背着一個跟她差不多重量的老婆婆，瘋了似的向安置點奔去，一男一女兩個孩子緊緊護在兩旁，後面跟了一串人也瘋了似地追着……

小嵐臉上汗珠滾滾，快要支持不住了，安置點裏有

幾個人及時跑過來，接過了婆婆。

這時，地面已出現輕微顫動，接着聽到一陣恐怖的聲音由遠而近，就像沉悶的雷聲由千里之外滾滾而來，大地猛烈顫動起來。

人們瞠目結舌地看着不遠處那座六層的醫院大樓像被推倒的積木一樣，轟隆隆地倒了下來。像骨牌效應一樣，兩邊的大樓也都在剎那間倒塌，衝天的灰塵瞬間迷住了他們雙眼……

在漫天灰塵中，在樓宇倒塌的聲音中，小嵐和曉晴曉星緊緊擁抱着，他們都流淚了。

歷史因他們改變，三十多萬死於海亞加大地震的市民倖免於難。

第二十章
歷史因你們改變

當大地重新安靜下來時，人們也從恐懼中清醒過來了，面對周圍的一片廢墟，劫後餘生的人們，擁抱着自己的親人、朋友，悲喜交加。房子沒有了，人在就好，能從這樣一場浩劫中保住生命，一家人倖存，這比什麼都值得慶幸。

羅斯丁在震驚之後，把目光投向了站在身旁的小嵐。他腦海裏一幕幕閃過了這些天小嵐和兩個小朋友的一言一行，還有她剛才拚命搶在地震前把婆婆背到安全地方的行為……他心裏想到了一個比地震還要令他驚駭的問題——小嵐好像知道這時間會發生地震！

他把小嵐拉到一邊，很鄭重地問她：「小嵐，我問你一件事，你必須坦白告訴我。你是不是能預測地震？」

小嵐嚇了一跳，心想莫不是自己在什麼時候不小心

露了馬腳，被他看出什麼來了。她馬上搖頭：「怎麼會？我哪會預測地震。我的一點地震知識還不是跟你學的！」

羅斯丁說：「不對，我怎麼覺得，你好像知道這次地震的日期和具體時間。」

小嵐說：「哇，我有那麼厲害就好了。那我可以當地震局局長了。」

羅斯丁還想追問，見到一臉是灰塵的林局長跑來：「斯丁，烏市長讓我通知你，之前對你的所有處理即時撤消，你馬上復職主持研究所工作。另外，烏市長想見見國家地震局的田主任，請你馬上找到他，帶他到市長辦公室一趟。」

羅斯丁點點頭，他又對小嵐：「小嵐，我們回頭再談。」

小嵐看着羅斯丁的背影，心想羅斯丁一定不會死心，回來一定繼續追問她。而田五六見了烏市長，她冒名頂替的事也必然會被發覺，自己可能會被更多的人纏上。

看來，任務完成了，自己也該離開了。

在臨時用作市政府辦公地點的一個街心公園裏，烏市長剛跟副市長們開完會，大家將分頭工作，了解市民的安全情況，安排市民的衣食住行，着手已成了廢墟的城市的清理和重建工作⋯⋯

　　因為地震後海亞加市跟其他地方相通的交通樞紐全被毀掉了，有些路段還被塌下的大量山泥堵住，沒有三四天的清理，外面的救援物資都進不來。原先在市政府官員眼中成為「雞肋」的、已購入的大量抗震物資派上用場了，食品及飲用水幾天內都不成問題，準備的帳篷可供老人兒童及病弱者作臨時居所，原先安排好的醫療車和醫護人員隊伍，讓急需救治的病人都得到了及時治療⋯⋯一切都有條不紊地進行着。

　　烏市長覺得自己彷彿做了一場夢。在自己領導的城市裏發生了一場史無前例的大地震，七點九級的大地震，但卻沒有一個人罹難。這個令全國以至全世界都震驚的奇跡是他創造出來的，因為他力排眾議，堅持在地震前搞了一次防震演習，又恰恰在市民全部疏散完畢時發生了地震，他救了六十萬人，成了海亞加市的英雄。

　　可是他心裏很明白，救了海亞市人的不是他，而是

那個叫「田五六」的漂亮女孩。

這時，工作人員把羅斯丁和田五六帶來了，烏市長急忙起身，迎了上去。這兩個人都是幫了他大忙的功臣啊！

但他馬上一臉奇怪，眼前除了羅斯丁之外，就是一個高大的胖男人，哪有他見過的小美女田五六！

「你是……」烏市長滿腹狐疑地看着胖子。

胖子眨巴着綠豆般的小眼睛，笑着說：「市長先生，我是田五六。」

「啊，你是田五六？！」烏市長嚇了一跳，不會那麼湊巧吧，難道地震局來了兩個人，而且都叫田五六？

「國家地震局有兩個田五六嗎？」烏市長又問。

田五六的小綠豆眼睛睜成了花生米：「沒有啊，就我一個。」

羅斯丁在一旁聽了，笑笑說：「市長，怎麼啦？田五六這麼怪的名字，你還會找到第二個嗎？他是國家地震局獨一無二的田五六，我認識他。」

烏市長嘴巴張得大大的，愣在當場。

那昨天來找自己，給自己出了搞演習主意的那個小

美女是誰？從來都不信鬼神的烏市長竟然冒出了一個念頭——難道……難道她是個小天使，來到這裏拯救人類？

羅斯丁看到烏市長這樣子，忙問：「烏市長，發生什麼事了？」

烏市長發現自己有點失態，忙招呼兩人坐下，然後把昨天有一小美女用田五六的名字來見他，建議他今天進行地震演習的事情說了。「我本來就有點懷疑，國家地震局的地震專家，怎會這樣年輕呢。但她帶着介紹信，而且言行又不像是要騙什麼。這女孩是海亞加市的大恩人啊，如果不是她，我肯定就不會搞地震演習……」

羅斯丁還沒聽他說完，早就猜到這女孩是誰了，馬小嵐，是她！

他心裏太激動了。原來就懷疑小嵐早已預測到地震要發生，現在聽烏市長這麼一說，就更證實了他的猜想。這女孩的確有預測地震的能力！

想到這裏，他激動地跳了起來，喊道：「太好了，太好了！以後我們再也不怕地震這隻吃人的老虎了！不

再有人死在地震裏了！」

烏市長和田五六驚訝地看着他，烏市長問：「羅總，你說什麼？沒頭沒腦的。」

「我知道這女孩是誰。」羅斯丁把小嵐在這幾天裏的言行舉止一一説了出來。

「啊！」烏市長和田五六聽得目瞪口呆，按羅斯丁所説，這女孩不但知道這裏會發生地震，而且知道具體時間。

「太厲害了，比全世界任何一個專家都厲害！」田五六興奮得在帳篷裏走來走去，「不行，我要馬上見她！」

烏市長和羅斯丁馬上響應：「對！」

一行三人馬上衝出帳篷，朝小嵐呆着的安置點跑去。

到了安置點裏，羅斯丁四處張望，卻沒看到小嵐，連曉晴和曉星也不見了。他急了，一把抓住一個正在分發食物的工作人員：「小嵐呢！」

那工作人員是地震研究所的人，所以認識小嵐，他説：「噢，我剛才看到她跟林局長嘀咕了幾句，還給了

他一張紙條，然後帶着她兩個朋友離開了。」

羅斯丁着急地問：「那林局長呢？」

工作人員指指不遠處：「在那邊分發瓶裝水呢。」

「林局長！」羅斯丁迫不及待地分開人，走向林局長，焦急地問，「小嵐呢？」

林局長詫異地看了他一眼：「她走了，她說要跟兩個朋友回家了。」

羅斯丁着急地說：「她回家，道路全部不通，她怎麼回家？」

林局長撓撓腦袋，說：「噢，是啊，他們怎麼回家呢？剛才正忙着，我竟忘了這點。」

他好像突然想起了什麼，一拍額頭說：「看我這記性！小嵐留了一張紙條給你。」

林局長說着，從衣袋裏掏出一張小紙條。

羅斯丁趕緊接過紙條，打開一看，只見上面用娟秀的字體，寫了幾行字：

斯丁大哥：

再見了。我們完成了任務，我們要走了。

別找我們，你找不到我們的，因為我們並不屬於這裏。

很高興海亞加市六十萬生命逃過一劫，人在，家就在，相信海亞加市人民很快就會重新擁有自己的幸福家園。

美人痣姐姐終於在白樺樹下等到了她的新郎。衷心祝願你們幸福快樂！

小嵐

羅斯丁眼裏湧出了淚花，拿着紙條的手在發抖，他心裏默默地念着：小嵐，你們在哪裏？你們是什麼人？你們怎麼不聽海亞加市人說一聲謝謝就離開了？

「砰！」小嵐和曉晴曉星三個人屁股着地，落在一處的草坪上。

「哎喲！」曉星摸摸有點痛的屁股，心裏直埋怨製造這時空器的人，為什麼不能考慮得周到一點，為什麼每次穿越時空都讓人家屁股受罪一次。

小嵐最先站了起來，她拍拍褲子上的草屑，看看周圍環境，咦，這不是放置悼念牆的大草坪嗎？她急忙四

顧，並沒有看到那堵令人心塞的黑色大理石牆。她鬆了口氣，歷史真是改變了，在他們的努力下改變了。

「啊，你們快看！我們，是我們！」曉星突然大喊起來。

小嵐和曉晴聽得莫名其妙，順着曉星手指的地方看去，不禁呆住了。

原先放置悼念牆的地方，矗立一座漢白玉石雕——約三米高的底座上面，有着一組比真人大了好幾倍的人像——一個美麗的少女背着一個老婆婆，邁開大步飛奔向前，少女兩旁各有一男一女兩個孩子，保護着老婆婆……

底座上面刻有一行字：請永遠記住這三位小天使，是他們拯救了海亞加。

公主傳奇16

超時空天使（修訂版）

作　　者：馬翠蘿
繪　　畫：滿丫丫
責任編輯：龐頌恩
美術設計：陳雅琳
出　　版：新雅文化事業有限公司
　　　　　香港英皇道499號北角工業大廈18樓
　　　　　電話：（852）2138 7998
　　　　　傳真：（852）2597 4003
　　　　　網址：http://www.sunya.com.hk
　　　　　電郵：marketing@sunya.com.hk
發　　行：香港聯合書刊物流有限公司
　　　　　香港新界大埔汀麗路 36 號中華商務印刷大廈 3 字樓
　　　　　電話：（852）2150 2100
　　　　　傳真：（852）2407 3062
　　　　　電郵：info@suplogistics.com.hk
印　　刷：美雅印刷製本有限公司
　　　　　九龍觀塘榮業街 6 號海濱工業大廈 4 字樓 A 室
版　　次：二〇一九年十二月初版

ISBN：978-962-08-7394-2